「雑魚スキル」と
追放された紙使い、
真の力が覚醒し
世界最強に
～世界で僕だけユニークスキルを
2つ持ってたので真の仲間と成り上がる～
桑野和明
イラスト/福きつね
JN010191

ヤクモ
【紙使い】
ピルン
【狂戦士】
「やったのだーっ！
水晶ドラゴンを倒したのだ！」

アルミーネ
【錬金術師】
キナコ
【格闘家】

「ば、バカな……」

「雑魚スキル」と追放された紙使い、真の力が覚醒し世界最強に

～世界で僕だけユニークスキルを2つ持ってたので真の仲間と成り上がる～

桑野和明

イラスト/福きつね

Contents

「Zako skill」 to tsuihou sareta kamitsukai,
shin no chikara ga kakuseishi sekai saikyou ni

プロローグ

緑色に発光する苔が照らす薄暗い洞窟の中。

僕は短剣を手に持ち、深く息を吸い込んだ。

落ち着け……落ち着いて、状況を確認するんだ。

場所は円形で広い。天井までの高さもある。奥には穴が二つ……か。

紫がかった黒い前髪を右手で払い、薄い唇を強く結ぶ。

「おいっ、ヤクモ。びびってんのか？」

隣にいたアルベルが僕の肩を叩いた。アルベルは僕と同じＦランクの冒険者で年も同じ十六歳だ。革製の鎧をつけていて、腰にはロングソードを提げている。

「たかが、ゴブリンの洞窟で緊張しすぎなんだよ」

「でも、この場所は広くて、ゴブリンの群れに取り囲まれると面倒だよ」

僕は周囲を見回す。

「ゴブリンは数体なら倒せるけど、十体以上いたら……」

「それでも余裕だろ。こっちは四人で戦うんだからな」

「そうね」

背後にいたカミラが口を開く。カミラは十七歳でウェーブのかかった赤い髪を肩まで伸ばしている。手には魔法の効果を上げるための杖を持っていた。

「私たちは一番下のＦランク冒険者だけど、新進気鋭の『聖剣《せいけん》の団《だん》』のメンバーなんだから」

「ひひっ、その通りさ」とダズルが笑った。

ダズルは背丈が僕より低く、ひょろりとした体形だった。髪は黒く、ダークグレーの服を着ている。

「ゴブリンなんて、僕の投げナイフの的だよ」

ダズルは赤い刃のナイフを左右の手に二本ずつ持った。

その時――。

微かな音がして、奥の穴から数十体のゴブリンが姿を見せる。

背丈は十歳の人間の子供ぐらい。緑色の肌ににごった黄色の目、獣の毛皮を腰につけていて、人族から奪ったであろう武器を手にしていた。

ゴブリンたちは黄ばんだ歯をガチガチと鳴らして、僕たちに突っ込んできた。

「きたぞ！」

アルベルがロングソードを構える。

「速攻で終わらせるからなっ！」

僕たちの命を掛けた戦いが始まった。

「ギャギャッ！」

ゴブリンたちは鳴き声をあげながら、僕たちを取り囲もうとする。

「そうはさせるかよ！」

　アルベルが僕たちの背後に回ろうとしていたゴブリンに突っ込み、ロングソードを振り下ろす。ゴブリンの腕が斬れて、赤黒い血が噴き出した。

「こっちもいくよ」

　ダズルが左右の腕を胸元で交差させるように動かした。四本のナイフが太ったゴブリンに突き刺さる。さらにそのゴブリンがカミラの攻撃魔法で炎に包まれた。

「ギャ……ギャギャ！」

　ゴブリンたちの鳴き声がダンジョンに響く。

　みんな、すごいな。アルベルはパワーがあって、ゴブリンを一撃で倒せるし、ダズルは遠距離でも近距離でも戦える。カミラの火の魔法も詠唱のスピードが速くて、殺傷力が高い。しかも、僕と違って三人とも魔法の武器や防具を装備している。

と……そんなことを考えてる場合じゃない。僕も自分にやれることをするんだ！

　両手に短剣を持ったゴブリンが僕に飛びかかってきた。

　僕はスキル【紙使い】の能力を使用する。

　魔法文字と様々な図形を組み合わせた魔法を発動させる式――『魔式』を脳内でイメージする。その魔式が黄金色に輝き、三十センチ四方の三枚の紙がゴブリンの顔の前に具現化した。ゴブリンの視界がさえぎられ、僕の姿を見失う。

　その隙にゴブリンの側面に回り込み、短剣を突き出す。鋭い刃がゴブリンの首に突き刺さった。

「グギャ……」

ゴブリンは首を押さえたまま、横倒しになる。

この魔式は【紙使い】のスキルを持つ僕だけが使えるものだ。他人が脳内でイメージしても、魔法が紙として具現化することはない。ただの文字と図形の羅列だ。

まずは一体……次は……。

視線を動かすと、二体のゴブリンがアルベルを襲おうとしている。

まずい。アルベルは気づいてない。

僕は六枚の紙を具現化して、アルベルとゴブリンの間に紙の壁を作った。

ゴブリンはロングソードで壁を斬る。

その音でアルベルが背後にいたゴブリンに気づいた。

「舐めるなよ！　雑魚モンスターがっ！」

アルベルはロングソードを真横に振る。二体のゴブリンの首が同時に斬れた。

僕は素早く視線を動かして状況を確認する。

カミラは大丈夫だな。しっかりと距離を取って、火球の魔法でゴブリンを倒している。

ダズルは……あ……。

ダズルは三体のゴブリンに囲まれていた。

僕はゴブリンに突っ込みながら、別の魔式を脳内でイメージする。

剣の形に加工された紙が具現化する。紙の剣の先端は尖っていて、厚みは一ミリもない。その剣が動き出し、ゴブリンの腕に刺さった。

「グギャ……」

ゴブリンは悲鳴をあげて、持っていた短剣を落とす。

「ひひっ、いいね」

ダズルはゴブリンに向かってナイフを投げた。そのナイフがゴブリンの胸元に突き刺さる。

「ギュ……グ……」

ゴブリンは前のめりに倒れながら、両手でダズルの足首を掴んだ。

「ちっ！　死に損ないめっ！」

ダズルはゴブリンの背中に短剣を突き刺す。

そこにハンマーを持った大柄のゴブリンが駆け寄ってくる。そのゴブリンは首に獣の爪の首飾りをしていて、黒い腕輪をはめていた。

リーダーっぽいな。それにあのハンマー……形がいびつで柄の部分に魔法文字が刻まれている。何かの効果があるのかもしれない。

ダズルを守らないと！

僕はダズルとゴブリンの間に割って入る。

「ギャギャギャ！」

ゴブリンがハンマーを振り上げると同時に僕は短剣を突き出す。ゴブリンの肩に刃が刺さり、赤黒い血が噴き出した。

「どいてろ！　ヤクモ！」

背後にいたダズルが僕を押しのけて前に出た。

「とどめは僕が刺すから」

ダズルは視線を僕に向ける。

その瞬間、ゴブリンがダズルに向かってハンマーを投げた。

「危ないっ！」

僕は両手でダズルの肩を強く押した。投げられたハンマーが僕の側頭部に当たる。

強い衝撃を感じて、僕は片膝をついた。視界がぐにゃりと曲がり、女の悲鳴のような声が脳内に響く。

「う……ぐっ……」

何だ……これは？　頭が何度も殴られているみたいに痛い。精神にダメージを与える効果がついていたのか。

ダズルは僕を気にすることなく、素手になったゴブリンと戦っている。

「ギャギャッ！」

短剣を持った別のゴブリンが僕に飛び掛かってきた。

僕は転がりながら、ゴブリンの追撃を避ける。

基礎魔力の残りは……二割程度か。ここは限界まで紙を出す！

頭の痛みに耐えながら、三枚の紙を具現化する。

目の前に浮かんだ紙をゴブリンは左手で払いのける。くしゃりと紙が折れてゴブリンの手に絡みつく。

これでいい。少しの時間を稼げれば……。

「おらあああっ！」

アルベルが僕を攻撃していたゴブリンの背中にロングソードを突き刺した。

「ギィイイイ！」

ゴブリンは絶叫をあげて、僕の目の前に倒れる。

「おいおい、ゴブリンごときに何やってるんだ？」

アルベルは呆れた顔で倒れている僕を見下ろす。

「頭から血が出てるぞ」

「ハンマーが……当たって……」

僕は頭を押さえて立ち上がる。

「で、でも、大丈夫みたい……だ」

「当たり前だ。その程度のケガで回復薬なんて使えないからな」

そう言うと、アルベルは別のゴブリンに向かって突っ込んでいく。

そう……だよな。このぐらいのケガで休んでたら、強い冒険者になれない。

僕は痛みに顔を歪めながら、短剣を強く握り締めた。

　全てのゴブリンを倒すと、背後から拍手が聞こえてきた。

　僕は音がした方向に視線を向ける。

　緩やかな斜面の上に聖剣の団のリーダーでＳランク冒険者のキルサスがいた。

　年は二十四歳、背丈は僕より高く、すらりとした体形をしている。金色の髪は肩に届いていて、白く輝く魔法の鎧をつけていた。

　キルサスは拍手を止め、端整な唇を開いた。

「ゴブリン二十一体か。悪くない成果だ。だが……」

　数秒間、キルサスは沈黙した。

「……この程度で満足してもらったら困る。君たちはもっと強くなって、最低でもＣランク以上の冒険者になってもらわないと」

「当然ですよ」

　アルベルが言った。

「俺たちは冒険者になったばかりだから、まだＦランクだけど、すぐにＣランク……いや、Ａランクを超えて、最上位のＳランクになってみせます！」

「自信家だな。まあ、それもいい。強くなる意志がなければ、上にはいけないからね」

　キルサスは僕たちを見回す。

「君たちが聖剣の団に入団してから、三十日が過ぎた。その間、君たちのことを見てきたが、今日確信したよ。君たちには問題がある」

「問題ですか？」

アルベルが首をかしげた。

「俺のどこに問題があるんですか？」

「君じゃない。そこにいる紙使いのヤクモにだよ」

キルサスは僕を指さした。

「え？　僕に問題？」

僕は口を半開きにしたまま、キルサスと視線を合わせる。

「そうだ。君の紙を操る能力は非常に珍しいユニークスキルだ。他に同じ能力を持つ者はいないだろう。だが、その能力は強くない」

「強くない？」

「自分でもわかっているだろう？　君が具現化する紙は時間が経てば消える紙だ。それでは目くらましや一瞬の時間稼ぎにしかならない」

キルサスは金色の髪を右手で整えながら言葉を続ける。

「しかも、君は他に役立つスキルを持っていない。【紙使い】の能力だけだ。となると、将来性も期待できない」

「将来性……」

「ああ。アルベル、ダズル、カミラは強力な戦闘スキルを複数持っている。戦闘センスもあるし、将来に期待が持てる。だが、君に未来はない」

「い、いや。戦闘スキルを持ってなくても、努力すれば強くなれます。たとえば、【腕力強化】のスキルがなくても、毎日訓練すれば力は強くなるし」

「そんなことはわかってる。ただ、戦闘スキル持ちのほうが、その能力を伸ばしやすく、より強くなりやすい。使えないユニークスキルしか持ってない君が必死に努力しても、Dランクの冒険者になれるかどうかも疑問だね」

その言葉に、僕の体に流れる血が冷たくなった気がした。

スキルは人族が幼少期に発現する特別な能力だ。種類はたくさんあって、戦闘に役立つ【腕力強化】や【体力強化】、生活に役立つ【植物育成】や【水生成】などがある。

そんなスキルは天界にいる神々が与えてくれる恩恵と言われていて、人族は最低でも一つは何らかのスキルを持っている。

そして、戦闘スキルを持っている者は、騎士や兵士、冒険者になることが多い。

だけど、戦闘スキルがなくても、それらの職業につくことはできるし、活躍している人たちもいるのに。

「ヤクモ、僕はね、君にも期待してたんだ」

キルサスの声が低くなった。

「君の【紙使い】の能力も、もしかしたら、戦闘に役立つんじゃないかってね。だけど、今日の戦闘を見て、僕は確信したよ。【紙使い】は雑魚スキルだとね」

「雑魚……スキル……」

僕の声が掠れた。

「……まっ、待ってください。【紙使い】のスキルは戦闘でも役に立ちます。さっきだって、紙の力でゴブリンを倒せました」

「ああ、見てたよ。君がゴブリンに不覚を取るところをね」

「あの時は……」

「言い訳はいい。もう、君の追放は決まったのだから」

「え？　つ……追放？」

「そうだ。君を聖剣の団から追放する！」

きっぱりとキルサスは言った。

「聖剣の団は二年前に僕が結成した団だ。冒険者ギルドでの評判も高く、タンサの町で五本の指に入る実力がある団と言われている。だが、僕はそんなものでは満足しない。もっと、実績を積んで、レステ国最強の団にしてみせる。そのために新しい団員も入れたし」

「新しい団員？」

「ああ。Aランクの冒険者をね。払う給料は新人より格段に高いが、彼なら即戦力だし、それ以上に稼いでくれるだろう」

「……だから、僕が追放されるんですか？」

「そういうことだ。まあ、もともと、新人四人は多すぎる気もしてたからね」

キルサスは肩をすくめる。

「新人の中で一番使えない君を追放するのは正しい選択さ」

「一番使えないって……」

キルサスの言葉に僕はショックを受けた。

たしかにアルベルたちは複数の戦闘スキルを持っていて、一対一で戦ったら、僕より強いのかもしれない。でも、パーティーでの戦いなら、状況に応じて適切に動いていた僕だって、役に立っていたはずだ。

キルサスは、それに気づいていなかったんだろうか？

「あーあ。残念だったな、ヤクモ」

アルベルが僕の肩を軽く叩いた。

「お前とは三十日のつき合いだったが、他の団でも頑張れよ」

「いや、他の団に入るのは無理じゃないかな」

ダズルがにやにやと笑いながら、僕の顔を覗き込む。

「聖剣の団を追放されたってわかったら、他の団だって、入団はさせないよ。鑑定の魔法を使えば、ヤクモが戦闘スキルを持ってないのがすぐにわかるし」

「そうね」とカミラが同意する。

「ヤクモはそれなりに目立ってたからなぁ。役に立たないユニークスキルを持ってるって」

カミラは赤毛の髪をかき上げて、口角を吊り上げる。

「まっ、大人数の団に入れなくても、三、四人のパーティーならなんとかなるかも。それも無理なら、ソロで活動する手もあるわね」

「Ｆランク冒険者のソロか。すぐに死んじゃいそうだね。ひひっ」

ダズルが気味の悪い笑い声をあげた。

「さて……」

キルサスが胸元で両手を叩いた。

「ヤクモ、君とはここでお別れだ。君と僕たちは別々の道を歩むことになるが、君の幸運を祈っているよ」

キルサスは呆然としている僕に背を向けて、アルベルたちといっしょに去っていった。

第一章 捨てられた紙使い

薄暗い夕刻の森の中を、僕はひとりで歩いていた。

黄緑色の羽虫が僕の周囲を飛び回っている。その羽虫を手の甲で払いのけながら、僕は深くため息をついた。

「追放か……」

どうして、こんなことに……。

いや、【紙使い】の能力が認められなかったからか。

【紙使い】は魔力で紙を具現化し、操作するスキルだ。

具現化時間や紙の強度は注ぎ込んだ魔力の量で変えられるけど、自分の基礎魔力は多くない。人族平均の２０００マナ以下の１８００マナ程度だ。これだと具現化時間が短い紙を数十枚出すのが精一杯だ。

基礎魔力が多ければ、いろんな性質の紙を具現化できるのに。防炎性のある紙とか粘着性のある紙とか。属性を付与した紙だって、いっぱい具現化できる。

僕は両手のこぶしを強く握り締めた。

基礎魔力の使い道が紙だけなのが問題なんだ。魔力効率のいい火球や光矢の魔法を使えたらよかったのに。

この世界には地、火、水、風、光、闇の六つの属性の魔法がある。魔法は体内にある基礎魔力を利用して使用することができる。生活に役立つ魔法や戦いの場で相手を倒す魔法など、いろんなところで使われている。特に攻撃魔法はモンスターと戦うことが多い冒険者にとって、覚えておきたい魔法だった。

だけど、僕の攻撃魔法は戦闘で使えるレベルにはならなかった。どうやら、【紙使い】のスキルのせいで、通常の魔法を使用する時に悪影響を及ぼしているようだ。呪文を詠唱する時、脳内に紙を具現化する魔式の一部が無意識に浮かび上がる。その影響で攻撃魔法の発動が遅くなり、威力も大きく減ってしまう。

「【紙使い】じゃなくて、魔法を強化するスキルだったらなぁ。そうすれば魔道師や魔法戦士になれる可能性もあるのに」

目頭が熱くなり、周囲の景色がぼやけた。

キルサスに見捨てられたのも仕方のないことなのか。

それとも、アルベルたちをサポートする戦い方をしていたのが間違いだったのかな？

少しでも多くのモンスターを自分が率先して倒す戦い方をしていれば、キルサスの判断も違っていたかもしれない。

でも、そんなことをしていたら、アルベルたちが死ぬ可能性があった。三人とも自分の視界に入っている敵を倒すことしか考えてないから。

その時――。

ズキンと頭に痛みを感じた。

「……いっ、くっ……」

僕は頭を押さえて、奥歯を強く噛んだ。

さっき、ハンマーが頭に当たったせいか。精神にダメージを与える効果がまだ残ってるのかもしれない。

額に手を当てると、普段より熱があるように感じた。

「魔法医に診てもらったほうがいいのかな」

いや、痛みは軽いし、このぐらいで魔法医にかかってたら、お金がなくなってしまう。

聖剣の団を追放されたから、次の給料はもらえないし、持ってるお金は大銀貨二枚と銅貨が三枚だけだ。これだと十日分の食費にしかならない。

深呼吸を繰り返していると、痛みが消えた。

「……よかった。なんとかなりそうだ」

とにかく、タンサの町に戻ろう。基礎魔力を限界まで使って、少し体が重いし。

僕は頭を押さえながら、森の中を歩き出した。

◇◇◇

次の日、僕はタンサの町の北地区にある孤児院に向かった。

孤児院は古い建物だったが庭は広く、その一部は畑になっていた。

門から庭に入ると、玄関の前に幼馴染みのリリスがいた。

リリスは僕と同じ十六歳の女の子で、同じ日に孤児院の前に捨てられていたらしい。髪は淡い金色につぎはぎだらけのクリーム色の古着を着ている。

「あ、ヤクモくん！」

リリスは青い瞳を輝かせて、僕に歩み寄った。

「今日は冒険者の仕事は休みなの？」

「……う、うん」

僕は言葉をにごした。

「んんっ？」

リリスが僕に顔を近づけた。

「……ねぇ、ヤクモくん。何かあったの？」

「えっ？　何かって？」

「いつもと違って、少し元気がないみたい」

「あ……それはゴブリンとの戦闘で頭を打ったからかもしれない」

僕は腫れた頭部に触れる。

「でも、血も少ししか出なかったし、この通り元気だから」

「それならいいんだけど……」

「と、それより、フローラ院長はいる？」

「うん。院長室にいると思うよ」

「じゃあ、挨拶してくるよ」

僕はリリスから離れて、院長室に向かった。

やっぱり、リリスは鋭いな。聖剣の団を追放されたなんて知られたら心配するだろうし、上手くごまかさないと。


木製の扉を開くと、部屋の中にフローラ院長がいた。

フローラ院長は七十代の修道女で白い髪を後ろで束ねていた。白い服を着ていて腰が少し曲がっている。両親の顔を知らない僕にとって、母親のような存在でもあった。

「あら、ヤクモくん」

フローラ院長は僕の顔を見て、目尻にしわを寄せた。

「子供たちに会いにきてくれたの？」

「はい。それとフローラ院長に」

僕は腰に提げたポーチから大銀貨二枚を取り出し、フローラ院長に渡す。

「これ、孤児院の運営に使って」

「……ありがとう」

フローラ院長が僕に頭を下げた。

「でも、大丈夫なの？　この前も寄付してくれたでしょ」

「ちゃんと冒険者の仕事をやってるから、このぐらいの寄付なら問題ないよ」

僕はぎこちなく笑った。

「この孤児院は僕の家みたいなものだから」

「……そうね」

フローラ院長の目が細くなった。

「それにしても立派になったわね。まだ十六歳なのに冒険者になって、町で有名な聖剣の団に入るなんて」

「う……うん」

僕は額に浮かんだ汗を手の甲でぬぐう。

「子供たちは、あなたがＳランクの冒険者になるって言ってるわ」

「ええっ？　そんなの無理だよ」

僕はぶんぶんと首を左右に振る。

「Ｓランクの冒険者は戦闘の天才ばかりだし、レステ国に三十人もいないんだから」

「わかってるわ。あの子たちはあなたが大好きだから、夢みたいなことを言ってるだけ」

「そう……だよね」

冒険者のランクは最低のＦから、Ｅ、Ｄ、Ｃ、Ｂ、Ａ、Ｓと七つあり、ＡランクやＳランクの冒険者は巨大なドラゴンさえ倒すことができると言われている。

特にSランクの冒険者は人々の憧れでもあり、多くの冒険者の目標でもあった。

とはいえ、ほとんどの冒険者がAランク以上になることはない。AランクとSランクの冒険者は非凡な戦闘センスや強力な戦闘スキルを持つ者だけがなれる特別なランクとも言えるから。

「でも、もし、あなたが子供の頃に病気にならなかったら、本当にSランクになれてたかもしれないわ。だって、ユニークスキルを二つも持っていたんだから」

「たしか、僕が四歳の時に原因不明の高熱が出たんだよね？　それでスキルが一つなくなったんだっけ？」

　僕の質問にフローラ院長はうなずいた。

「ええ。あの時は五日以上高熱が続いてね。あなたはずっと苦しんでいたの。頭がすごく痛いって泣いてたわ。そして、やっと治ったと思ったら、【魔力極大】のスキルがなくなってて」

「そんなことがあるんだね」

「原因不明の症状よ。でも、あなたが病気になる前に【魔力極大】のユニークスキルを持っていたことは間違いない。鑑定器で何度も鑑定したから」

「へーっ、そうだったんだ」

「シスターたちも驚いていたわ。ユニークスキルを二つも持っている者なんて、聞いたことがないって」

　フローラ院長は僕をじっと見つめる。

「あの時、【紙使い】の能力もなくならなくてよかったわ」

「うーん。たしかにそうだけど、どうせなら【魔力極大】のほうが残ってほしかったな」

僕は深くため息をつく。

【魔力極大】は基礎魔力の量を格段に上げるユニークスキルだ。百年以上前に活躍した大魔道師が持っていた非常に珍しいスキルで、このスキルを持っていれば、具現化できる紙の量を数千倍以上に増やすことができただろう。

もし、【魔力極大】のスキルがあれば、僕は追放されなかったかもしれない。研究していた特別な紙をたくさん使えるようになるから。

無言になった僕の肩にフローラ院長が触れた。

「大丈夫よ。強いスキルがなくなったとしても、あなたは強くて立派な冒険者になれる」

「……なれるかな？」

「ええ。あなたは冒険者になるって決めてから、ずっと努力してた。毎日、体を鍛えて、【紙使い】のスキルを研究して。その努力はきっと報われるはず。私は信じてるから」

その言葉を聞いて、僕の目頭が熱くなった。


外に出ると、数人の子供たちが走り寄ってきた。

「ヤクモ兄ちゃん！」

四歳のマーニャが僕のズボンを小さな手で掴む。

「遊んで、遊んで！」

「ははっ、マーニャは何をして遊びたいの？」

「えーと……えーと……楽しいこと」

マーニャは舌足らずな声で言った。

「楽しいことかぁ」

僕は頭をかいて、瞳を輝かせている子供たちを見回す。

鬼ごっこじゃ、小さなマーニャは楽しめないよな。かくれんぼは前にやったし。

「……よし！　それなら鳥を追いかける遊びをしようか」

「え？　でも、鳥さんなんていないよ？」

マーニャが青い空を指さす。

「大丈夫。鳥は僕が作るから」

僕は手のひらに紙を折って作った鳥を具現化した。紙の鳥は、ふわりと宙に浮かび上がる。

子供たちの目が丸くなった。

紙の鳥は僕の意思に従って、ゆらゆらと円を描くように飛ぶ。

「わあああああっ！」

子供たちが紙の鳥を追って走り出した。

みんな元気そうだけど、痩せてるな。服も色あせてるのが多い。

もっとお金を稼いで寄付を増やさないと。

僕は紙の鳥を操作しながら、唇を強く結んだ。

◇　◇　◇

その日の夜、僕はタンサの町の南にある森の中にいた。

所持金が銅貨二枚で宿屋に泊まることができなかったからだ。

近くの川辺で水を飲み、硬い干し肉をかじる。

「明日は、冒険者ギルドに行って、仕事を探さないとな。保存食もこれで終わりだし」

太陽より十倍以上大きく見える巨大な月に照らされて水面が輝いている。

ぱしゃりと音がして銀色の魚が跳ねた。

今のは銀魚か。香りがよくて胡椒をつけて食べると美味しいんだよな。

「一眠りした後は、魚でも捕るか……」

その時、頭に強い痛みを感じて、僕は片膝をついた。

「ぐっ……また……か」

この痛みは普通とは違う気がする。脳の奥から感じる痛みだ。

おかしい。精神にダメージを与える効果がこんなに長く続くはずがないのに。当たり所が悪かったせいなのか？

両手で頭を押さえて、僕は歯を食いしばる。

しかし、前と違って、痛みは長く続いた。

こ……これはマズイ状況……かも。

視界が真っ白になり、僕は横倒しになる。

「ぐうっ……う……」

頭が炎に包まれたかのように熱く感じる。

もしかして、僕は……このまま死ぬ……のか？

脳がどろどろに溶けていくような気がした。

視覚、聴覚がなくなり、言葉を発することもできない。

子供の頃からの記憶が次々と脳内で再生された。

フローラ院長に頭を撫でられている記憶、リリスと遊んでいる記憶、僕を本当の兄のように慕ってくれている孤児院の子供たちの記憶……。

まだ……死にたくないな。冒険者になって……やっと……フローラ院長に恩返しできるようになったのに……。

いつの間にか、僕は意識を失っていた。

冷たい風が頬に当たるのを感じて、僕はまぶたを開いた。

「……あ……あれ？」

僕は上半身を起こして、自分の頭に触れる。痛みは完全に消えていた。

「大丈夫……なのか？」

立ち上がって、軽く手足を動かすが、特におかしなところはない。

いや、前より頭がすっきりしてる気がする。まるで古くなった脳を新しいものに取り替えたみたいに。

「何が起こったんだ？」

僕は巨大な月を見上げてつぶやく。

もし、また頭痛があったら、魔法医に診てもらったほうがいいのかもしれない。

その時――。

右側の茂みがガサリと音を立て、四本脚のモンスターが姿を見せた。

体長は三メートル近くあり、顔はライオン、頭部にヤギのような角を生やしていた。全身を覆う黄金色の毛の中からは数十匹のヘビが顔を出していて、細長い胴体をくねらせている。

キマイラっ⁉　どうしてこんな場所に？

全身の血が一気に冷えた。

キマイラは多くの生物の特性を持つモンスターだ。複数の属性の魔法を使うことができ、スピードもパワーもある。前脚の爪は鋭く、ヘビの牙には毒がある。

「何て運が悪いんだ。キマイラは高地の森に生息しているはずなのに」

僕は短剣を手に取り、ゆっくりと後ずさりする。

「グゥウウウ！」

キマイラはうなり声を出して、僕に近づいてくる。

まずいぞ。キマイラはBランクの冒険者でも手こずるモンスターだ。Fランクの僕が倒せるわけがない。

キマイラが高くジャンプした。

くっ、一瞬でもいい。攻撃を止めないと！

僕は意識を集中させ、六枚の紙を出そうとした。

その瞬間、白い紙が百枚以上具現化した。その紙にキマイラがぶつかり、地面に横倒しになる。

「えっ？」

戦いの最中に僕は驚きの声をあげた。

何だこれ？　僕の基礎魔力じゃ、紙をこんな量具現化できるはずないのに。

それに紙の強度が上がってる。そうでないと、キマイラの巨体を紙で止めることはできないはずだ。

「グゥ……グアアアア！」

キマイラの頭上にオレンジ色の火球が具現化した。その火球が紙に当たって燃え上がる。

火属性の魔法か。紙とは相性が悪いな。

キマイラが僕に駆け寄り、前脚を振り下ろす。僕は短剣でその攻撃を受けた。甲高い音がして、短剣が弾け飛ぶ。

ぐっ、オーガ並のパワーだ。

落ちた短剣を拾おうとしたが、その前にキマイラの前脚が短剣を踏みつける。

まずい！　武器がなくなった。予備の短剣はポーチに入れてるけど、あれじゃ、刃が短すぎてどうにもならない。

僕は奥歯を強く噛んで、視線を左右に動かす。

茂みにも川にも逃げ込むのは難しい。ここで戦うしかない！

深く息を吸い込んで、腰を軽く落とす。

原因はわからないけど、まだ、基礎魔力は残ってる。それなら、【紙使い】の能力で戦うことはできる。

僕は脳内で魔式をイメージして剣の形をした紙を具現化した。

「いっけええっ！」

宙に浮かんでいた紙の剣が動き出し、キマイラの左肩に深く突き刺さる。

「グガッ……」

キマイラの胴体にくっついているヘビが左肩に刺さった紙の剣を口で引き抜いた。その部分から、緑色の血が流れ落ちる。

いけるぞ。紙の剣の斬れ味も前より格段によくなってる。それに基礎魔力が減った感じはしない。まだまだ、紙の剣を具現化できる。

「グゥウウウ」

キマイラはうなり声をあげながら、僕にゆっくりと近づいてくる。

僕は新たに二本の紙の剣を具現化して、キマイラを攻撃する。

しかし、その攻撃をキマイラは予測していた。巨体とは思えない動きで紙の剣を避ける。

「グゥ……グゥウ」

キマイラは体を低くして、後脚を大きく曲げる。

一気に突っ込んでくるつもりか。

紙の壁を……いや、ここは攻める。たくさんの紙の剣を具現化して、キマイラを攻撃する！

そう思った瞬間、百本以上の紙の剣が具現化した。紙の剣は射られた矢のように次々とキマイラに突き刺さる。

「グガ……ガッ……」

キマイラは緑色の血を流しながら、横倒しになった。黄金色の瞳から輝きが消え、キマイラの呼吸が止まった。

僕は動かなくなったキマイラに歩み寄る。

「僕がキマイラを倒したのか？」

掠れた声が口から漏れる。

ありえない。紙を剣の形に加工して強度を上げるだけで、普通の紙の具現化より、三倍以上魔力が必要なはずだ。それを百本以上も？　そんな魔力、僕にあるわけがない。

「まさか、夢ってことは……ないよな？」

僕はキマイラの死体を見下ろす。

刺さっていた紙の剣は具現化時間を過ぎて消えている。しかし、キマイラの体には紙の剣がつけた無数の傷跡が残っていた。

わけがわからない。これだけの紙の剣を具現化するには、基礎魔力を上げる【魔力強化】のスキルを持っていても……。

「あ……」

僕は子供の頃になくなったユニークスキル【魔力極大】のことを思い出した。

そうだ。【魔力強化】の上位スキル【魔力極大】なら可能か。あれなら、基礎魔力がものすごく増えるから。

僕は意識を集中して、基礎魔力を確認する。

「え……７２５万マナ？」

驚いた声が自分の口から漏れる。

そんなバカな？　僕の基礎魔力の量は１８００マナ程度なのに。これじゃあ、四千倍以上になってる。

これは【魔力極大】の効果が発動してるとしか思えない。

ハンマーが頭に当たったことで、子供の頃になくなった【魔力極大】のスキルが復活したってことか。そんな効果があのハンマーにあるとは思えないし、精神にダメージを与える効果と物理的なダメージが重なって、偶発的に起こったことなんだろう。

「こんなことがあるんだ？」

僕の口から抑揚のない声が漏れる。

【魔力極大】のスキルがあれば、多くの紙を具現化できる。強度のある硬い紙や特殊な効果を持つ紙、属性を付与した紙も……。

「僕は強くなれるのかもしれない」

僕の体が微かに震えた。

◇　◇　◇

次の日の朝、僕はタンサの町の中央にある冒険者ギルドに向かった。

冒険者ギルドは四階建ての大きな建物で、中には多くの冒険者たちがいた。

ロングソードを腰に提げている人間、弓矢を背負ったエルフ、革製の鎧を装備している頭部に獣の耳を生やした亜人。

彼らは真剣な表情で、掲示板に張り出された依頼の紙を見ている。

「ちっ！　ろくな依頼が残ってないな。オーガ退治の仕事で大金貨二枚はないだろ」

「そうだな。オーガなら、最低でも大金貨三枚ってところだろう」

「それなら、盗賊退治の仕事はどう？　ミファ村が依頼出してるわよ」

「いやいや、盗賊退治は人数の多い団がやる仕事だろ？　俺たちみたいな四人パーティーじゃ厳しいって」

「今回は素材採集の仕事にしておくか。安い依頼でも死ぬよりはマシだからな」

僕は冒険者たちの間をすり抜け、受付に向かう。

そこには白い絹のシャツを着たエルフの女性がイスに座っていた。

「すみません。団員の募集をしている団はありませんか？」

「いらっしゃいませ。入団希望の冒険者の方ですね」

エルフの女性は、僕のベルトにはめ込まれたＦランク冒険者の証である白いプレートを目で確認する。

「Ｆランクの冒険者ですか。となると、新人の冒険者の育成を考えている団になりますね。それなら……」

エルフの女性は木製のテーブルの上に数十枚の紙を並べる。

「……今だと、新人の冒険者を募集している団はありませんね」

「そう……ですか」

僕の口から暗い声が漏れた。

団はリーダーがＢランク以上で団員が五十人以上いないと、冒険者ギルドに認定されない。ただ、認定されると、国の補助を受けることができて、報酬の高い依頼を受けやすくなる。

この町には三十以上の団があったはずだけど、どこも新人は募集してないのか。

「大人数の団に入れば生存率が上がりますし、給料を受け取れて生活が安定します。ただ、当然、団のほうも即戦力か将来性のある冒険者を団員にしたいと思っていますので」

エルフの女性は値踏みするかのように僕を見つめる。

「戦闘スキルはお持ちですか？」

「いえ。戦闘スキルは持ってませんが……難しいでしょうか？」

「……うーん。募集がありませんからねぇ」

エルフの女性の眉が眉間に寄る。

「団ではなく、少人数のパーティーに入る選択はいかがでしょう？　ソロで依頼を受けるより安全ですよ」

「募集しているパーティーがあるんですか？」

「えーと……たしか……」

「雑魚スキルしか持ってないこいつを入れるパーティーなんて、あるわけないだろ」

突然、背後から声が聞こえた。

振り返ると、そこにはアルベルが立っていた。

「よぉ、ヤクモ」

アルベルはにやにやと笑いながら、僕の肩を叩く。

「新しい仲間探しか。大変だなぁー」

アルベルは周囲にいる冒険者たちにも聞こえる声で言った。

「こいつは将来性のない弱い冒険者って判断されて、団を追放されたんだぜ」

「おいっ、マジかよ？」

青髪の男がアルベルに声をかけた。

「追放って、おだやかじゃねぇな」

「それだけ、こいつがダメだったってことさ」

アルベルが僕の頭を人差し指で突く。

「こいつは紙を具現化するだけのユニークスキルしか持ってねぇし。そりゃあ、追放もしたくなるって」

「……ふーん」

青髪の男はちらりと僕を見る。

「たしかにそれじゃあ、団どころかパーティーに入れたいと思う者もいねぇだろうな」

「というわけさ、紙使い」

アルベルは僕に顔を近づけて舌を出す。

「これからは冒険者ギルドで記録係でもやったらどうだ？　それならお前の雑魚スキルも役に立つだろ。あ、でも、具現化する紙は時間が経つと消えちまうから、意味ねぇか。ははっ」

周囲にいた冒険者たちが笑い出した。

「そりゃ、使えないユニークスキルだな。戦闘以外にも役に立たないのか」

「運が悪かったな、坊主。強いユニークスキルだったら、Ｓランク冒険者になれたかもしれねぇのに」

「戦闘センスのないヤクモじゃ、強いスキルを持っててもＳランクなんて無理だって」

アルベルが笑いながら言った。

「まっ、Sランクになるのは、戦闘スキルを三つ持ってる俺さ」

「……ほぉ。お前、戦闘スキルが三つもあるのか？」

青髪の男が目を丸くした。

「二つはたまにいるが、三つは珍しいな。お前、強くなるぜ」

「そのつもりさ。スキルだけに頼るつもりはないからな」

「おいっ、お前、俺たちの団に入らないか？」

背の高い男がアルベルの肩に触れた。

「戦闘スキルを三つも持ってるなら、将来、うちの団のエースになれるぞ」

「それは無理だな。俺は聖剣の団の新人だから」

「あぁーっ、聖剣の団か。あそこはリーダーがSランクで、Aランクも三人いるからな。うちの団より格上か」

背の高い男はがっくりと肩を落とした。


結局、パーティーの仲間募集の依頼もEランク以上の冒険者を求めていて、Fランクの僕では条件が合わなかった。

仕方なく、僕は薬草採取の仕事を受けることにした。これなら、Fランクのソロでも受けることができるから。

今は地道にやるしかない。もうすぐ昇級試験もあるし、そこでEランクになれたら、団は無理でも、どこかのパーティーには入れるだろう。

◇　◇　◇

タンサの町の西側にある森の中で、僕は薬草を探していた。

緩やかな斜面を下りて、苔の生えた木の根元にある黄緑色の薬草を丁寧に引き抜く。

「これで依頼分はなんとかなったな」

僕は多くの物を収納できる魔法のポーチに薬草を入れて、額の汗をぬぐう。

そろそろ帰るか。野宿するにしても、町の近くのほうが安全だし。昨日みたいに危険なモンスターに出会ったらまずい。

僕はまぶたを閉じて基礎魔力の量を確認する。

前は基礎魔力が完全に回復するのに二日以上かかってたけど、今は回復のスピードが速い。体を休めていれば、あっという間に回復していく感じだ。

そのおかげで魔式の研究がやりやすくなった。魔力を気にすることなく細かい調整を何度も試すことができるようになったし。

町に戻ったら、紙を組み合わせて巨大な武器を作る魔式を考えてみるか。

その時――。

「ゴアアアアッ！」

南から、モンスターの鳴き声が聞こえてきた。

んっ？　何だ？

僕は鳴き声がした方向に向かって走り出す。木々から垂れた草のつるをかき分けながら進み続けると、視界が一気に広がった。

垂直の崖の下に冒険者らしき少女がいた。少女は僕と同じ歳ぐらいで、ピンク色のセミロングの髪に花の形をした髪飾りをつけている。服は白を基調とした上品なもので、丈が膝下まであるマントを羽織っていた。

少女の前には体長四メートルを超えた二つの頭部を持つ巨大なトカゲがいる。トカゲのウロコは赤黒く、前脚と後脚の爪は紫色に輝いている。

あれは……双頭トカゲだ。パワーがあって炎を吐く危険なモンスターだ。たしか、爪にも麻痺系の毒があったはず。

まずいな。後ろの崖は登れそうにないし、あの子、右足をケガしてるみたいだ。これじゃあ、逃げられないぞ。

腰に提げていた短剣を引き抜き、僕は一気に走り出した。木々の間をすり抜け、少女と双頭トカゲの間に割って入る。

「え？　誰っ？」

少女が驚いた声を出した。

「僕はヤクモ！　冒険者だよ」

そう言って、僕は短剣の刃を双頭トカゲに向ける。

「詳しい自己紹介は後で。戦える？」

「ごめん。私、錬金術師なの。素材が入った魔道具の指輪を壊しちゃって」

「わかっ……」

喋ってる途中に双頭トカゲのノドが大きく膨らんだ。

炎を吐くつもりか。

いつもの魔式じゃなく、水属性を付与した紙を具現化する魔式をイメージする。

目の前に数十枚の紙が具現化した。紙は表面が水面のようにゆらゆらと揺れていて、双頭トカゲが吐き出した炎を防いだ。

よし！　防炎性の紙が早速役に立ったぞ。

双頭トカゲは前脚の爪で紙を引き裂く。水しぶきが周囲に飛び散った。

と、さすが双頭トカゲだ。強化した紙も簡単に引き裂くか。

僕は右側に走って、双頭トカゲの注意を引く。

双頭トカゲは計算通りに僕を追ってきた。これであの子が逃げるチャンスができた。

「ゴアアアアッ！」

双頭トカゲは体を捻って、先端が尖ったしっぽで僕を攻撃する。僕は地面を転がりながら、その攻撃を避け、短剣を投げた。

短剣が双頭トカゲの肩に当たり、小さな傷をつける。

深くは刺さらないけど、傷はつくか。

それなら風属性を付与した紙とそれを折る魔式を組み合わせて――。

僕の周囲に紙の手裏剣が数十枚具現化する。

手裏剣は数百年以上前にこの世界に転移した異界人が伝えたとされる投擲武器だ。手のひらに載るぐらいのサイズで四方が尖っている。

紙の手裏剣はくるくると回転しながら双頭トカゲの肩や前脚に突き刺さった。

全身から赤黒い血を流しながらも、双頭トカゲは大きくノドを膨らませる。

そのノドに数枚の手裏剣が突き刺さる。双頭トカゲのノドが破けて炎が噴き出した。二つの頭部が炎に包まれる。

「ゴガ……ガ……ガ……」

双頭トカゲの巨体が傾き、横倒しになった。

倒せたか？

僕は落ちていた短剣を拾い上げ、警戒しながら双頭トカゲに近づく。

双頭トカゲは二つの口を大きく開けたまま、絶命していた。

「……ふぅ。なんとかなったか」

僕は溜めていた息を吐き出した。

紙の手裏剣の威力もなかなかだな。紙を折れば強度が増すし、風属性を付与していて、スピードと回転数を上げることができた。直線的な軌道じゃないから避けるのが難しいし。

ただ、普通の紙より少し具現化に時間がかかるのが難点か。属性を付与する魔式と紙を折る魔式の二つを追加しないといけないから。

【魔力極大】のスキルが復活してから、頭がすっきりして、瞬時の判断も速くなった気がする。

「ありがとう！」

助けた少女が僕に歩み寄った。

「あなたのおかげで命拾いしたよ。私はアルミーネ。上級の錬金術師でＣランクの冒険者の資格も持ってるわ」

アルミーネは茶色のベルトにはめ込まれた青色のプレートを指さす。

「錬金術の素材集めのために森をうろついてたら、アレに出くわしちゃってね。ほんと、死んじゃうかと思ったよ。魔道具の指輪は家に戻らないと直せないし」

そう言って、彼女は僕に顔を近づける。宝石のようなダークブルーの瞳に僕の姿が映った。

「それにしても、あなた強いのね。さっきの攻撃、ユニークスキルでしょ？」

「うん。紙を操るスキルかな」

僕はズボンについた土を払いながら、アルミーネの質問に答える。

「それより、足のケガは大丈夫？」

「走るのは難しそうだけど、歩くのはなんとかなりそう」

「じゃあ、町まで送るよ。Ｆランクの冒険者でも、護衛なしよりいいだろうし」

僕は自分のベルトにはめ込んでいた白色のプレートを指先で叩く。

「え？　あなた、Ｆランクなの？」

アルミーネのブルーの瞳が丸くなった。

「てっきり、Ｃランク以上だと思ったよ。双頭トカゲを簡単に倒しちゃったから」

「いや、ぎりぎりだったよ。先に炎を吐かれたら、こっちがやられてたかも」

「へーっ、謙虚なんだね」

アルミーネは僕の顔をじっと見つめる。

「……まあ、いいや。どっちにしても、お礼をしたいし、私の家まで送ってくれる？」

「あ、いや、お礼なんていいよ。こんな時は助け合うのが冒険者として当たり前のことだから」

「その答えも気に入った！　あなたなら……」

アルミーネの声が途中から聞こえなくなった。


その日の夕刻、僕はタンサの町の北地区にあるアルミーネの家にいた。

広いリビングの壁には棚があり、そこには多くの素材が並べられていた。

きらきらと輝く『宝石スライムの欠片』、長さが三十センチ以上ある『ユニコーンの角』、ガラスの中には見たことのない虹色の粉が入っている。

さすが、錬金術師の家。素材だらけだ。

錬金術師は素材を利用して、様々なアイテムを作ることができる。特別な効果がある武器や防具、回復薬などを作ったり、素材を消費して魔法を発動させることもできる。

パーティーの仲間にいれば、非常に頼りになる存在だ。

「はい、ヤクモくん」

アルミーネが僕に金貨を渡した。

「これが助けてくれたお礼ね」

「え？　金貨？　それは多すぎるって」

僕はぶんぶんと首を左右に振る。

「金貨一枚あれば、ほどほどの宿屋に十日は泊まれるよ」

「命の値段だから、これでも安いって。それに町まで送ってくれたお礼も含めてだから」

「で、でも……」

「気にせずに受け取って。ヤクモくんに助けられなかったら、私は死んでて、お金なんて使えなくなってたんだし」

アルミーネはピンク色の舌を出して笑った。

「それに気前のいいところをヤクモくんには見せておきたいしね」

「んっ？　見せておきたい？」

「そう。そのほうがヤクモくんが私のパーティーに入ってくれるんじゃないかってこと」

「ええっ？　アルミーネのパーティー？」

僕の声が大きくなった。

「アルミーネって、パーティーのリーダーをやってたの？」

「二人だけのパーティーだけどね。ヤクモくんが入ってくれたら三人になるかな」

「……僕でいいの？」

「もちろんよ。ヤクモくんは私が望む条件に当てはまるから」

「条件って？」

「まずは強いこと。そして、もっと大事なのは信頼できること」

アルミーネは右手の指を二本立てた。

「ヤクモくんはFランクの冒険者なのに、双頭トカゲに襲われていた私を助けにきてくれた。自分が死ぬかもしれないのに」

「それって普通のことじゃないのかな？」

「ううん。助けようと思う人のほうが少ないよ。そして、それは悪いことじゃない。だって、自分の命が掛かってるんだから」

アルミーネの声が低くなった。

「でも、だからこそ、見知らぬ私を助けてくれたヤクモくんは信頼できるの。そして、それが一番大事なことだと私は思ってる」

「一番大事？」

「そう。たとえ、どんなに強くても信頼できない人物なら、危険なダンジョンで背中を預けることなんてできないでしょ？」

「それは……そうだね」

僕はアルミーネの言葉に同意する。

今、思えば、アルベルたちは信頼できなかった。雑用も全部僕がやらされてたし、紙使いってバカにされることもあったし。

「……君が仲間を集める目的は何なの？」

「あ、それは話してなかったね」

アルミーネはこつんと自分の頭を叩く。

「私の目的はパーティーの実績をあげて、国が管理している『混沌の大迷宮』に入る資格を得ることかな」

「混沌の大迷宮？」

「知ってるでしょ？　タンサの町の北にある冒険者殺しのダンジョンだよ」

「それは、知ってるけど……」

僕の口の中が乾いた。

混沌の大迷宮はゲム大陸最大のダンジョンって言われている。百以上の階層が確認されているが、最下層にたどり着いた者はいない。

当初は誰もが入れるダンジョンだったが、数千人の冒険者が中で命を落としたことで、レステ国の管理が決まった。

今は国に認められた八つの団と、七つのパーティーだけが探索を続けているはずだ。

「どうして、あんな危険なダンジョンに入りたいの？」

「……一番の理由は、お父さんかな」

　アルミーネの声が沈んだ。

「私のお父さんは錬金術師で、七年前に混沌の大迷宮で行方不明になったの」

「七年前って……」

「うん。普通に考えたら、死んでると思う。でも、ちゃんと自分の目で確認するまでは、お父さんのこと、諦めたくないんだ」

「……そうだよね」

　僕は暗い顔をしたアルミーネを見つめる。

　僕は赤ん坊の頃に捨てられた孤児だ。だから、両親の顔は知らないし、愛情を感じることもない。でも、アルミーネは違う。父親と同じ錬金術師になっているし、尊敬もしているんだろう。

「あ、他にも理由はあるの」

　アルミーネは言葉を続けた。

「混沌の大迷宮の最下層には黄金の城があって、その宝物庫には、錬金術師が邪神に魂を売っても欲しがる『天界龍の宝珠』があるって噂があるの。それがあれば、錬金術師は何だってできるようになるから」

「それはすごいアイテムだね」

「他にも国宝級の武器や防具、不老不死の秘薬や若返りの秘薬もあるんだって。それに世界の理が全て書かれた本とか、邪神を封印した宝石とか」

アルミーネは興奮した様子で僕に顔を近づける。

「そんな話を聞いたら、ヤクモくんだって、混沌の大迷宮に行きたくなるでしょ？」

「そうだね。世界の理が全て書かれた本は読んでみたい気持ちがあるかな」

「でしょ。それにお金もいっぱい手に入るよ。王都に豪邸が建てられるぐらい」

「豪邸かぁ。あんまり大きな家はちょっと。掃除が大変そうだし」

「ふふっ、そんなこと気にするんだ」

アルミーネが笑った。

「じゃあ、ヤクモくんがやりたいことって何？」

「やりたいこと……」

口元に手を寄せて、僕は考え込む。

「……孤児院への寄付かな」

「孤児院への寄付？」

「僕は孤児院で育ったから」

アルミーネから受け取った金貨を握り締め、僕は言葉を続ける。

「孤児院の前に捨てられていた僕を拾ってくれたのがフローラ院長なんだ。フローラ院長は僕のために栄養のあるスープを毎日作ってくれた。病気になった時は、大切な髪飾りを売って魔法医を呼んでくれた。言葉や勉強を教えてくれたのもフローラ院長だ。だから、その恩返しをしたいんだ」

「……恩返しか」

「うん。冒険者の仕事で稼いで、いっぱい寄付したいんだ。あの孤児院は僕の家みたいなものだから」

「……ふーん。ヤクモくんって、優しいんだね」

アルミーネはじっと僕を見つめる。

「それなら、私のパーティーに入るのはヤクモくんにとっても、悪くない選択だと思うよ。危険もあるけど、稼ぎも大きいから」

「稼ぎも大きい……か」

「うん。混沌の大迷宮に入る資格を得るためには多くの実績が必要になる。そのためには危険度の高い依頼を受け続けないといけない。その分、報酬も高くなるってわけ」

「そう……だよね」

僕はアルミーネと視線を合わせる。

アルミーネは僕に金貨をくれた。命を助けられたお礼としても、なかなか渡せない金額だ。

それに彼女は僕を信頼できる人物だと認めてくれた。

聖剣の団を追放された僕を……。

「わかった。君のパーティーに入るよ。僕も入るパーティーを探してたし」

「やったっ！　ありがとう」

アルミーネは僕の手をぎゅっと握る。

「じゃあ、早速採寸だね」

「えっ？　採寸？」

「うん。これから、私たちは危険な依頼を受けまくることになるからね。少しでもあなたの防御力を上げておかないと」

「僕の服をアルミーネが作るってこと？」

「うん。魔法攻撃と物理攻撃を軽減する服をね」

　アルミーネは棚の上に置いてあった巻き尺と素材を手に取る。

「せっかくだし、『地龍の骨粉』も使っちゃおうかな。これを生地に練り込めば、魔法耐性が格段に上がるし」

「え？　『地龍の骨粉』ってレア素材だよね？　僕、全然お金持ってなくて」

「お金はいいから。これは初期投資だし」

「それは……ありがたいけど」

　楽しそうに僕のサイズを測るアルミーネを見つめる。

　こんな形でパーティーに入れるとは思わなかったな。でも、幸運なことかもしれない。出会ってたった一日しか経ってないけど、アルミーネは信用できる人物に見えるから。

第二章　新たな仲間

三日後、僕はアルミーネの家で完成したばかりの新しい服を着せてもらった。

それは黒色を基調とした服で、腰巻きには円形の模様の刺繍が施されていた。マントとズボンには多くのポケットがついている。

　このポケットは多くの物を持ち運べる魔道具の魔法のポーチと似た効果がある。これは僕がアルミーネに頼んでつけてもらったものだ。事前に魔法のポケットに具現化した紙を入れておけば、基礎魔力を使わなくてすむ。魔法のポケットの中なら具現化時間を消費しないし、難しい魔式の紙でも瞬時に出すことができる。

「うん。サイズもばっちりだね」

　アルミーネはくびれた腰に両手を当てて、満足げにうなずく。

「最高の服ができたよ。久しぶりにいい仕事したなぁ」

「ありがとう。でも、本当にいいの？　これを売れば、とんでもない値段がつくと思うよ」

「売るわけないでしょ。ヤクモくんのために丹精込めて作ったんだから」

　そう言って、アルミーネは僕の胸を手の甲で叩く。

「これで本格的に難易度の高い依頼を受けることができるようになるわ」

「あ、そうだ。もう一人の仲間って誰なの？」

「もうすぐここに来るはずだよ。ヤクモくんを紹介するって伝えておいたから」

その時、扉が開いて、十代半ばぐらいの少女が家に入ってきた。

少女の髪型は膝下まで届くツインテールで、右側が赤紫色、左側が青色に分かれていた。体形はすらりとしていて、僅かに開いた口からは尖った歯が見えている。服はへそが見えるセパレートタイプで、菱形の模様が描かれたカラフルなマントを羽織っていた。

すごく目立つ服を着てるな。マントの裏地は緑色だし、靴下も左右で違うものを穿いている。

「むむっ、この痩せた男が新しい仲間なのか？」

少女は僕の顔を覗き込む。

「あんまり強そうでないのだ」

「そんなことないよ、ピルン」

アルミーネが言った。

「ヤクモくんはＦランクだけど、強いユニークスキルを持ってるから」

「うむむ。そうなのか」

少女――ピルンはうなるような声を出して、僕に歩み寄る。

「狂戦士のピルンなのだ。今はＤランクだけど、将来Ｓランクになって、魔王を倒す女になるので覚えておくといいのだ」

「魔王を倒すって、すごい目標だね」

「ピルンが本気になれば楽勝なのだ。アルミーネが作ってくれた魔法の武器と服もあるし」

「言っとくけど、その服のデザインはピルンの希望だからね」

アルミーネがピルンの服を指さした。

「私としては、もっと落ち着いた感じの服が好みだから」

「むむっ、目立つ服のほうがかっこいいのだ！」

ピルンは頬を膨らませる。

「ヤクモもピルンの服はかっこいいと思ったはずなのだ」

「あ、えーと……」

僕は口をもごもごと動かした。

「そう……だね。オリジナリティがあっていいと思うよ。子供っぽ……いや、かわいいし」

「かわいい……」

ピルンの紫色の瞳が輝く。

「ヤクモはファッションセンスがあるのだ。これなら、パーティーの仲間として認めてあげてもいいのだ」

「あ、ありがとう」

よくわからないけど、ピルンに認めてもらえたようだ。

それにしても、狂戦士か。狂戦士は戦闘時に自身の戦闘力を圧倒的に上げ、感情のままに戦う戦士だ。冷静沈着な戦い方は苦手だが攻撃力は高く、味方にいれば頼もしい存在でもある。錬金術師のアルミーネとの相性もよさそうだ。

「そうそう。ヤクモくん。これも渡しておくね」

アルミーネが僕に青白い刃の短剣を手渡した。

「これも私が作った『魔喰いの短剣』だよ。使用者の意思に反応して水属性の刃の形状が変化するの。長く刃を伸ばしたり、斧のように厚みを持たせたりしてね。斬れ味も魔力の量に応じて、鋭くなるよ。ただし、欠点もあるけど」

「欠点？」

「うん。刃を変化させるには、大量の魔力が必要なの。だから、魔喰いの短剣は基礎魔力が多い人でないと使えないんだよね。だから、高価な素材を使って作ったのに売れなかったの」

「魔喰いの短剣か……」

僕は受け取った短剣を見つめる。短剣の刃は半透明で柄の部分には青い宝石が埋め込まれている。これは……水属性の効果を強化できる『水魔石』だ。

魔力を大量に使う武器か。魔法戦士向けだな。ただ、この短剣に魔力を使いすぎると、他の魔法が使いにくくなる……か。

ただ、紙以外の攻撃方法があるのはいいな。しかも、具現化時間を気にする必要がないし、斬れ味も紙の剣よりありそうだ。問題は……。

「僕に使いこなせるかな？」

「大丈夫だと思うよ。ヤクモくん、基礎魔力を増やすスキル持ってるでしょ？」

「う、うん。多分」

「んっ？　多分って、自分のスキルを鑑定してないの？」

アルミーネが首をかしげた。

「鑑定なんて、すぐにできるでしょ？　安価な鑑定器も売ってあるし、鑑定の魔法を使える人もいっぱいいるから」

「いや、最近、頭を打って、子供の頃になくなってたスキルが復活したみたいなんだよ」

「へーっ、そんなことがあるんだ。何のスキルが復活したの？」

「……【魔力極大】かな」

「んっ？　【魔力極大】ってユニークスキルじゃない？」

「うん。基礎魔力の量がとんでもなく増えたから、多分そうじゃないかなって」

「ちょ、ちょっと待って！」

アルミーネは棚の上にあった黒い水晶玉を手に取る。その水晶玉を僕の顔に近づけ、呪文を唱えた。

水晶玉の表面に赤い文字が浮かび上がる。

「……ホントだ。【魔力極大】と【紙使い】のスキルがある。で、基礎魔力の量は……７３０万マナっ!?」

アルミーネの声が大きくなった。

「７３０万マナって……そんな基礎魔力量、聞いたこともないよ」

「そう……だよね」

僕は水晶玉に浮かんだ【魔力極大】の文字を見つめる。

「いやぁ、これは予想外ね」

アルミーネが頭をかいた。

「まさか、ヤクモくんの基礎魔力が７３０万マナもあるなんて。しかも、ユニークスキル二つ持ちか。とんでもないＦランクを勧誘しちゃったな」

「とんでもない……かな？」

「Ｓランクでもユニークスキルを複数持ってる人なんて、聞いたことないよ。もちろん、それで強さが決まるってわけでもないけど、すごいポテンシャルがあるのは間違いないよ」

アルミーネはじっと僕を見つめる。

「……とりあえず、冒険者ギルドで依頼を受けてみようか」

「え、今から？」

「うん。ヤクモくんの戦い方をもっと見ておきたいし。それにいっぱいレア素材を使ったから、しっかり稼いでいかないと」

そう言って、アルミーネは右手の親指を立てた。

◇　◇　◇

冒険者ギルドの掲示板には多くの依頼書が張ってあった。

【ゴブリン退治　約三十体、場所　エジン村周辺、依頼料金貨二枚】

【ウオチ村までの護衛、募集人数　Dランク以上二名、依頼料大銀貨三枚】

【『腐肉キノコ』の採集、一本銀貨七枚】

【ナコミ高原のダンジョン探索のサポート、依頼料金貨四枚】

【逃げ出した飼い猫捜し、銀貨五枚】


アルミーネは掲示板に顔を近づけて、依頼書を確認していく。

「うーん……ダンジョン探索のサポートが金貨四枚か。でも、ナコミ高原は遠いなぁ。これだと移動に五日以上かかっちゃう。んっ……こっちの依頼は団限定ね。それじゃあ、パーティーでは受けられないなぁ」

「魔王ゼズズの討伐なら、大金貨一万枚はもらえるのだ」

「そんな依頼が掲示板に張ってあるわけないでしょ」

アルミーネはピルンに突っ込みを入れる。

「まあ、最低でも大金貨二枚以上の……あ……」

アルミーネは一番端にあった依頼書を手に取る。

「これいいかも。実績にもなりそうだし」

【水晶ドラゴンの討伐、場所　メガド山の鉱山、依頼料大金貨二枚と水晶ドラゴンの素材の権利、条件　Aランク以上の冒険者がいるパーティーか団】

「これなら大金貨二枚だし、水晶ドラゴンの素材の権利をもらえるのもいいね。ドラゴンの素材は高く売れるから」

「え？　ドラゴン討伐の依頼を受けるの？」

　僕は驚きの声をあげた。

　ドラゴンは最強種と言われている危険なモンスターだ。全長二十メートルを超える個体も多く、魔法耐性があり、鋭い爪や広範囲のブレス攻撃で殺された人族は多い。最高Cランクの三人パーティーで倒せるようなモンスターじゃない。

「無茶だと思うよ。それにAランク以上の冒険者がいるパーティーか団でないと受けられないんじゃ？」

　僕は条件が書かれた箇所を指さす。

「大丈夫。もう一人、パーティーに誘う予定だから」

「誘う予定って……」

「うん。彼ならAランクだし、依頼の条件もクリアできるよ」

「Aランクか」

　Aランクの冒険者が仲間にいるのなら、ドラゴンを倒せる可能性はあるな。最高ランクのSランクには及ばないけど、Ａランクも戦闘の天才ばかりだし。

「よし！　まずは彼がいそうな酒場に行きましょ」

　そう言って、アルミーネは受付に向かった。

◇　◇　◇

　町外れの小さな酒場に入ると、酒の匂いが鼻腔に届いた。

　中には冒険者らしき男たちが十数人いて、顔を赤くして酒を飲んでいる。丸い木製のテーブルの上には焼いた鳥の肉やチーズが並んでいる。

　昼間から酒か。まあ、冒険者は依頼がない時は、だらけている人が多いからな。

「おっ、姉ちゃん」

　顔を赤らめた男がアルミーネに声をかけた。

「いい女だな。いっしょに酒でも飲まねぇか？」

「ごめんね。お酒は飲まないの」

　アルミーネは慣れた様子で男の誘いを断り、店の奥に進む。

「あ、いたいた」

　アルミーネの視線の先には、小さなイスに腰をかけている猫人族の男がいた。

　猫人族は背丈が五歳の子供ぐらいで、顔は猫そのものだ。全身の毛の模様は茶トラで首には銀色の大きな鈴をつけている。ぶかぶかのダークグリーンのズボンを穿いていて、腰のベルトの側面には赤茶色のひょうたんの水筒が提げられていた。

猫人族がAランク？　珍しいな。猫人族は小柄で戦闘向けの種族じゃないのに。

猫人族の男は金色の瞳でアルミーネを見上げた。

「アルミーネか」

渋い男の声が牙を生やした口から漏れた。

「また、俺の勧誘か？　無駄だぞ」

「そんなこと言わずにさぁ。私たちにはキナコが必要なんだよ」

アルミーネは猫人族の名前を口にした。

「最強の格闘家で、『魔族殺しのキナコ』の二つ名を持つあなたがいれば、私たちのパーティーはもっと強くなるし」

「だろうな」

そう言って、キナコはテーブルの上に置かれた木のコップを手に取る。その中には赤い葡萄酒が入っていた。

「だが、前にも言ったように俺はお前のパーティーには入らん。弱い仲間と組んでも俺に利益はないからな」

「ところがそうでもないの」

「そうでもない？」

「うん。有望な新人が入ってくれたからね」

そう言って、アルミーネは僕の肩を叩いた。

「私のパーティーに新しく入ったヤクモくんだよ。Fランクだけど、強いユニークスキルを持ってるの」

「強いユニークスキルか」

キナコは僕をちらりと見た。

「ユニークスキルが強くても強者とは限らない。スキルを盲信して鍛錬を怠る者もいるし、戦闘センスがない者もいる」

「ヤクモくんは戦闘センスもあると思うよ」

「……ほぉ。ならば、多少は期待できるのかもしれんな」

キナコは葡萄酒を飲み干すとイスから立ち上がった。

「いいだろう。お前をテストしてやる」

「えっ？　テストですか？」

僕は驚きの声を出した。

「そうだ。俺についてこい」

キナコはふらふらと上半身を揺らしながら、出口に向かって歩き出した。

僕たちは店を出て、近くの空き地に移動した。

「さて……と」

キナコは僕に向き直ると、軽く首を回した。

「ここで俺と戦ってもらう。お前の攻撃が俺に当たったら、お前たちのパーティーに入ってやる」

「模擬戦ってことですか？」

「そうだ。わかりやすいルールだろ」

「たしかにわかりやすくはありますけど……」

僕はキナコを見つめる。

キナコは猫人族で、体格は人族より小さい。見た目も二足歩行で立っている猫だ。外見から強さを感じることはない。

でも、Ａランクの冒険者ってことは、キナコは相当強いはずだ。

「安心しろ」

キナコが僕の太股をピンク色の肉球で叩いた。

「ちゃんと手加減してやる。ほどほどにな」

「がんばってね」

アルミーネが僕の肩を叩いた。

「キナコはユニークスキルの【無手強化】を持ってるから、油断したらダメだよ」

「【無手強化】？」

「素手で戦う時に攻撃力が上がるスキルね。他にも【速度強化】の戦闘スキルも持ってて、実力はＳランクに近いレベルって言われてるわ。だから、二つ名がついてるの」

「『魔族殺しのキナコ』か……」

僕の口中がからからに乾いた。

魔族は太古の邪神ドールズの血を受け継いだ種族で、人族と敵対している。外見は様々でモンスターに近いタイプから、人間に似ているタイプもいる。基礎魔力量が多く、強い魔族は一体で町や村を壊滅させたこともある。そんな魔族をキナコは何十体も倒しているんだ。

見た目に騙されたらダメだ。

「さあ、さっさと攻めてこい」

キナコが軽く腰を落として、ピンク色の肉球を僕に向ける。

「……わかりました」

Ａランクのキナコに僕の【紙使い】の能力が通用するかわからないけど、やれるだけやってみよう。

僕は意識を集中させて、五本の紙の短剣を具現化する。

短剣が放たれた矢のようにキナコに迫る。

この短剣は紙の剣を改良したものだ。紙の量を減らすことで攻撃スピードを上げることができる。刃は短くなったけど、大型のモンスター以外は、こっちのほうが使い勝手がいいだろう。

キナコは余裕の表情で紙の短剣を避けた。次々と短剣が地面に突き刺さる。

それなら、倍の十本だ！

十本の紙の短剣が具現化し、キナコに迫る。

「ふん。この程度の攻撃……」

キナコの両手の爪が二十センチ以上長く伸びた。その爪が紙の短剣を一瞬で細切れにする。

無数の白い紙片が風に舞って、ふっと消えた。

僕は口を半開きにして、キナコを見つめる。

すごい。動きが全然見えなかった。それに強度を上げている紙をここまで細切れにするなんて。

あの爪、魔法剣の刃以上の斬れ味がある。

「なるほど……な」

キナコは金色の瞳で僕を見つめる。

「これがお前の能力か？」

「はい。紙を具現化して操るユニークスキルです」

「……ふむ。紙の短剣とは思えない威力があるようだ。だが、俺には通じない」

白い牙を見せてキナコは笑った。

「これでわかっただろう。お前の攻撃は俺には当たらない。絶対にな」

「絶対ですか？」

「そうだ。納得がいかないのなら、いくらでも攻めてこい！」

「わかりました！」

僕は深く息を吸い込む。

キナコのスピードは圧倒的だ。でも、当てる手段はある。

僕は視線をキナコに向けたまま、意識を集中する。

キナコを囲むように三百本の紙の短剣が具現化した。その刃先が全てキナコに向けられている。

キナコの目と口が大きく開き、全身の毛が逆立った。

これで同時に攻撃すれば、キナコが避けるスペースはどこにもない。爪で短剣を斬るのも限界があるはずだ。

「待て待てーっ！」

キナコが慌てた様子で両手を左右に振った。

「なっ、何だ、この短剣の数は？」

キナコは金色の目を丸くして、宙に浮かんでいる短剣を見上げる。

「お前の基礎魔力はどうなってる？」

「それは僕が【魔力極大】のユニークスキルを持ってるからだと思います」

「【魔力極大】だと？」

「はい。さっきアルミーネに鑑定してもらったから」

そう言いながら、僕は短剣を指さす。

「じゃあ、いきますっ！」

「……もういいっ！　お前の実力はわかった！」

キナコは不機嫌そうな顔をして、僕をにらみつけた。

「とんでもない男だな。ユニークスキルを二つも持っているとは」

「やったね、ヤクモくん！」

アルミーネが僕に駆け寄った。

「Aランクのキナコを降参させちゃうなんて、ほんとスゴイよ」

「降参したわけじゃないぞ！」

キナコが頬を膨らませて言った。

「戦う意味がないと思っただけだ。ヤクモが強いとわかったからな」

「じゃあ、私たちのパーティーに入ってくれるのね？」

「……ああ、入ってやる。約束は守る」

キナコの視線が僕に向いた。

「しかし、どうして、お前がアルミーネのパーティーに入ったんだ？　お前なら、実力ある団から、いくつも勧誘があっただろうに」

「いえ。逆です。僕は使えないって言われて、団から追放されたんです」

「使えない？　お前が？」

キナコは首をかしげた。

「よくわからんな。お前の実力なら、将来Aランク……いや、Sランクになる可能性だってあるぞ。そんな男を追放するのか？」

「その時は【魔力極大】のスキルが使えなかったから」

「それでも、紙を操るスキルがあるだろう？　あれはなかなか使えるスキルだぞ」

「そんなこと初めて言われました」

【紙使い】のスキルを褒められるのは嬉しいな。今まで、バカにされ続けていたから。

「……ありがとうございます。キナコさん」

僕はキナコに頭を下げた。

「礼などいい。事実を言っただけだ。それと、俺のことはキナコと呼べ。これから仲間になるんだからな」

キナコはピンク色の肉球で僕の太股を叩いた。

「これでパーティーメンバーが揃ったね」

アルミーネが満足げにうなずいた。

「さあ、水晶ドラゴン討伐の依頼を受けましょう！」

第三章 水晶ドラゴン

タンサの町を出て二日後、僕たちはメガド山の鉱山にたどり着いた。

鉱山に人の姿はなく、しんと静まり返っている。人の頭ほどの大きさの『青鉄』が積み重なっている小山がいくつもあり、その先には大きな穴が開いていた。

「あの穴の中に水晶ドラゴンがいるのか……」

僕は額の汗をぬぐう。

隣にいたピルンが僕に顔を近づけた。

「顔が強張っているのだ。さてはドラゴンが恐いんだな」

「そりゃ、恐いよ。ドラゴンは最強のモンスターって言われてるし。水晶ドラゴンはその中でも強いほうに入るから」

「四人パーティーになったピルンたちだって強いのだ。今まで戦ったモンスターは全て瞬殺だからな」

「僕たちがパーティーで戦ったモンスターって、ここに来る途中で出会ったスライムだけじゃないか」

僕はピルンに突っ込みを入れる。

「とにかく、油断できるようなモンスターじゃないよ。ドラゴンは」

「その通りね」

　アルミーネが僕の言葉に同意する。

「ドラゴン退治で全滅するパーティーなんて、山のようにいるから」

「作戦はあるの？」

　僕はアルミーネに質問した。

「重力系の魔法で水晶ドラゴンの動きをだいぶ抑えられると思う」

「たしかに。水晶ドラゴンは巨体のわりに動きも敏捷だから、動き回られると厄介だしね。あとは氷のブレス攻撃に気をつけておかないと。ブレスの範囲が普通のドラゴンより広いし、武器の斬れ味を鈍らせるから」

「ん？　詳しいんだね」

　アルミーネが驚いた顔をした。

「冒険者ギルドに資料があるモンスターの知識は頭に入れてるよ。いつ、どんなモンスターに遭遇するかわからないから」

「へーっ、勉強家なんだね」

「自分と仲間の命が掛かってるからね。自分にできることはやっておきたいんだ」

「仲間の命か……」

　アルミーネは僕をじっと見つめる。

「どうしたの？」

「ヤクモくんをパーティーに誘ってよかったなって思っただけ」

そう言って、アルミーネは笑った。

「私たちのパーティーなら、きっと水晶ドラゴンを倒せるよ」

「まかせておけ」とキナコが言った。

「俺の爪は硬いドラゴンのウロコも斬り裂くことができるし、肉球パンチは体の内部にダメージを与えることができる」

「ピルンの『マジカルハンマー』も強いのだ」

ピルンが腰に提げていたカラフルなハンマーを手に取った。

「これはアルミーネがピルンのために作ってくれたのだ。地属性の武器で与えるダメージがどかっと上がるのだ」

「それは狂戦士のピルンに合った武器だね」

そう言って、僕は腰に提げた魔法武器の魔喰いの短剣に触れる。

アルミーネからもらった魔喰いの短剣は魔力を使って刃の形状を変えることができる。僕の【紙使い】のスキルと組み合わせれば、いろんな戦い方ができるはずだ。

まだ未熟だけど、全力で仲間のために頑張らないと。

僕は決意を胸に秘めて、唇を強く結んだ。

◇　◇　◇

鉱山の中の空気は冷えていた。壁には光る石が入ったカンテラが掛けられていて、僕たちの姿を照らしている。足音に反応したのか、数匹の『発光蟲』が六本の脚を動かして、通路の奥に消えていった。

レールが敷かれた細い通路を進んでいると、水の流れる音が聞こえてきた。

「えーと……そろそろ地底湖かな」

アルミーネが依頼主の鉱山の所有者からもらった地図を確認する。

「水晶ドラゴンの目撃場所はその近くだから、みんな注意して」

「アルミーネ！」

先頭を歩いていたピルンが腹部を両手で押さえた。

「ピルンはお腹が空いたのだ。だから、ご飯休憩を希望なのだ」

「休憩は地底湖について、安全を確認してからね。ここじゃあ、見通しも悪いし」

「じゃあ、地底湖まで大急ぎで行くのだ」

「それもダメ。水晶ドラゴン以外のモンスターと遭遇することもあるんだから、慎重に行動しないと」

アルミーネは軽くピルンの頭を叩く。

「ピルンはもっと考えて行動したほうがいいよ。そうすれば、この前の昇級試験でも落ちなかったのに」

「むむっ、アルミーネがピルンの古傷をえぐりにきたのだ」

ピルンが不満げに頬を膨らませる。

「古傷って、十日前のことでしょ。ピルンは戦闘能力が高いから、本当ならBランク以上になっていてもおかしくないのに」

「スライム相手に必殺技を使ったのが敗因だったのだ。そのせいで体力ががくっと落ちてしまったから」

「スライムぐらいなら、普通に戦っても楽勝なのに」

「うっ、正論なのだ。アルミーネが正論で殴りにきたのだ」

「正論って思ってるなら、次からは同じ失敗はしないことね」

そう言って、アルミーネはため息をつく。

突然――。

「ゴガアアアア！」

周囲の壁が震えるような鳴き声が聞こえてきた。

この声はドラゴンか？

「休憩はなしだ。行くぞ！」

キナコが走り出した。

僕、アルミーネ、ピルンがその後を追う。

緩やかな斜面を駆け下りると、地底湖のある開けた場所に出た。その場所の中央にきらきらと輝く青白いドラゴンがいた。

ドラゴンは体長十五メートル以上あり、背中には先端が尖った六角柱の水晶が無数に生えている。皮膚のウロコは青黒く、頭部の四つの目は赤く輝いていた。

水晶ドラゴンだ！　しかも、予想よりもでかい！

水晶ドラゴンの足元には巨大な『地底ナマズ』が横たわっている。

さっきまで地底ナマズと戦っていたってことか。

「ヤクモくん！　私をサポートして！」

アルミーネが呪文を唱えながら、水晶ドラゴンに向かって走り出す。

僕もすぐにアルミーネの隣に並ぶ。

水晶ドラゴンの頭上に紫色に輝く巨大な魔法陣が出現した。その魔法陣から黒い霧のようなものが出て、水晶ドラゴンの体を包む。

これが重力系の魔法か。

ちらりとアルミーネの顔を見ると、右の瞳に魔法陣が浮かび上がっていた。

瞳に魔法陣を刻んでいるのか。だから、上位魔法を短い詠唱で発動させることができたんだな。

水晶ドラゴンの後脚が地面にめり込んでいるのを見て、キナコが口を開いた。

「よし！　次は俺たちの仕事だ！　一気にダメージを与えるぞ！」

キナコは水晶ドラゴンに側面から突っ込むと、長く伸ばした白い爪で青黒いウロコを斬った。

「ゴォオオオオ！」

水晶ドラゴンは上半身をひねって、赤い爪を持つ前脚をキナコに向かって振り下ろす。その攻撃をかわしながら、キナコは右手の肉球で水晶ドラゴンの腹部を叩く。

ドンと大きな音がして、水晶ドラゴンの巨体がぶれた。

「ゴアアア……ゴッ……」

水晶ドラゴンが大きく口を開いた。舌の裏側の血管がぼこりと膨らみ、白い息を吐き出す。

周囲の地面が一瞬で白く凍った。

氷のブレスか。まともに食らったら、一瞬で凍死だな。

それにしても、さすがAランクのキナコだ。自分の千倍以上体重がある水晶ドラゴンにパンチでダメージを与えるなんて。

「ピルンも参戦なのだーっ！」

ピルンが水晶ドラゴンのしっぽに飛び乗り、高くジャンプした。ピルンが持っていたマジカルハンマーが巨大化する。

「狂戦士モード発動なのだーっ！」

ピルンの紫色の瞳が輝き、瞳孔が縦に細くなる。

ピルンはマジカルハンマーを振り下ろした。水晶ドラゴンの背中から生えていた六角柱の水晶が甲高い音を立てて割れる。

「まだまだいくのだ！」

ピルンは背中の上でマジカルハンマーを振り回す。次々と背中の水晶が破壊され、破片が周囲に飛び散った。

「ゴオオオオッ！」

水晶ドラゴンは長い首をひねって、背中の上にいるピルンを噛もうとする。その攻撃をピルンはジャンプでかわす。

水晶ドラゴンの前脚が宙にいるピルンに向かって振り下ろされる。

そうはさせない！

「『魔防壁強度十』っ！」

僕は魔法のポケットにストックしていた紙を使用する。

黄金色に輝く紙が重なり合い厚みのある壁を作る。その壁が水晶ドラゴンの前脚の攻撃を防いだ。壁は数秒で消える。

よし！　具現化時間を短くして、その分、紙の強度を上げる方法が上手くいった。強度十の紙は物理攻撃を吸収し分散する効果がある。その紙を十枚重ねにして作った壁だ。これなら、水晶ドラゴンの攻撃も防げるだろう。

「みんな、下がって！」

アルミーネの声が聞こえると同時に、紫色の魔法陣が宙に出現する。その魔法陣の真ん中から、長さ三メートル以上ある巨大な矢が現れた。

紫色の炎に包まれた巨大な矢が水晶ドラゴンの胴体に突き刺さる。

「ゴァアアアア！」

水晶ドラゴンがもだえるように巨体を揺らす。

僕は新たな紙を具現化する。

今度の紙は強度を抑えめにして、その代わりに宙に固定させる。

階段状に紙が並んだ。その紙を足場にして、僕は水晶ドラゴンの頭部を狙う。

【魔力極大】で増えた魔力を使って……。

半透明の青い刃が一メートル以上伸びた。

僕は渾身の力を込めて、魔喰いの短剣を振る。刃が水晶ドラゴンの首を半分以上斬った。

青い血が噴き出し、水晶ドラゴンの巨体がぐらりと傾く。

この刃……少し魔力を注ぎ込んだだけで、紙の剣より斬れ味が鋭くなった。形も自由に変えられるし、すごくいい武器だ。紙とは違った戦い方ができるぞ。

「ゴッ……ゴゴ……」

水晶ドラゴンは体のバランスを崩しながらも前脚を動かして僕を攻撃しようとする。

「そうはさせん！」

ジャンプしたキナコが体を半回転させながら、水晶ドラゴンの側面を肉球で叩いた。

ドンと大きな音がして、水晶ドラゴンの巨体が後方に数センチずれる。

「ゴ……ゴァアアア！」

水晶ドラゴンはキナコのいる方向に首を捻って、大きく口を開く。舌の裏側の血管がぼこりと膨らんだ。

これは……。

「キナコっ！　氷のブレスがくるよ！」

僕の声に反応して、キナコが後方に跳ぶ。水晶ドラゴンの口から吐き出された白い息が、さっきまでキナコが立っていた地面を凍らせた。

首を半分以上斬ったのにまだ戦えるなんて。

僕は唇を強く噛んで水晶ドラゴンに突っ込む。その動きに合わせてキナコが前に出る。

それなら……。

僕はキナコと反対側の方向に走り、数百本の紙の短剣を具現化する。紙の短剣は次々と水晶ドラゴンに突き刺さる。

「ゴアアアアッ！」

水晶ドラゴンは四つの赤い目で僕をにらみつけ、右の前脚を振り上げる。

いいぞ。水晶ドラゴンが僕を狙ってくれれば……。

「いいサポートだ、ヤクモっ！」

キナコが別方向から水晶ドラゴンに近づき、高くジャンプした。五十センチ以上伸びた爪が水晶ドラゴンの頭部に突き刺さる。

「ゴアアアア！」

それでも水晶ドラゴンは動きを止めなかった。

頭を大きく振ってキナコを引き離し、尖った歯が並ぶ口でキナコを噛もうとする。

「あとは任せろ！」

キナコは水晶ドラゴンの噛みつき攻撃を避けて側面に移動する。

そして――。

「『肉球波紋掌』！」

キナコが右手の肉球を水晶ドラゴンのウロコに強く当てる。ドンと大きな音がして水晶ドラゴンの体に波紋が広がっていく。

「ゴッ……ゴゥ……」

水晶ドラゴンの口から青い血が流れ出し、四つの赤い目から輝きが消える。

「ゴ……ゴ……」

水晶ドラゴンはぐらりと傾き、地響きを立てて横倒しになった。

「『肉球波紋掌』は体全体にダメージを与える技だ。これにはお前も耐えられなかったようだな」

キナコは金色の瞳で絶命した水晶ドラゴンを見つめる。

「やったのだーっ！　水晶ドラゴンを倒したのだ！」

ピルンが僕に抱きついてきた。

「ピルンたちは最強なのだーっ！」

「最強かどうかはわからないけど、ピルンもアルミーネもすごかったよ。もちろんキナコも」

「お前もたいしたものだ」

キナコが言った。

「ピルンを紙の壁で守り、紙の階段を作って攻撃するとはな。お前のユニークスキルは応用が利く能力のようだ。それにお前は非凡な戦闘センスを持っている」

「そうかな？」

「ああ。自分をおとりにして、俺が攻撃しやすいように動いていただろ。それに水晶ドラゴンがブレスを吐くタイミングを知っていたな？」

「うん。最初にブレスを吐いた時に水晶ドラゴンの舌の血管が膨らんでいたんだ。それで二度目の時はわかったんだ」

僕は絶命した水晶ドラゴンの口から出ている巨大な舌を指さす。

「僕の位置からは、ちょうど口の中が見えていたから」

「ほーっ、よく気づいたな」

キナコが感嘆の声をあげる。

「ヤクモくんはすごいよ」

アルミーネが瞳を輝かせて僕の肩を叩く。

「こんなに戦えるのに、どうしてヤクモくんは追放されたんだろ？」

「聖剣の団にいた時は具現化する紙の量が少なかったから、サポートメインになってたんだよ」

「それでも頭のいいリーダーなら、その能力を上手く使いこなせてるか、総合的に判断するはずよ。まっ、そのおかげでヤクモくんが仲間になったんだから、私は聖剣の団のリーダーに感謝してるけどね」

そう言って、アルミーネは舌を出す。

「今さら、聖剣の団に戻るなんて言わないでね」

「そんな気はないかな」

僕は即答した。

キルサスは【紙使い】のスキルを雑魚スキルと断言した。そして、戦況を見ながら戦うやり方も評価してくれなかった。

ただ、今はキルサスに感謝している。

だって、追放されたおかげで、僕を認めてくれる仲間たちに出会うことができたから。

これからは、アルミーネたちのために自分の力を使うんだ。

◇◇◇

二日後、僕たちはタンサの町に戻ってきた。

町の大通りを進み、四階建ての冒険者ギルドに入る。

「じゃあ、依頼完了の報告をしてくるから」

アルミーネは鉱山の所有者からサインをもらった紙を持って受付に向かった。

僕はピルンとキナコから離れて、壁際に置かれた長イスに座る。

これで、大金貨二枚が手に入るか。

その中で僕の取り分は、金貨四枚ぐらいになるらしい。アルミーネが魔法で使った素材や移動の馬車代、食費などの経費を除いた分を四等分にした金額だ。

さらに水晶ドラゴンの素材が売れたら、それも四等分されることになっている。アルミーネの予想では大金貨十五枚を超えるみたいだ。となると、僕の取り分は大金貨三枚以上か。

節約すれば一年は何もせずに暮らせる額だ。

自分のノドが大きく動いた。

こんなにもらえるなんて、聖剣の団にいた頃とは大違いだ。聖剣の団も働いた分だけ、お金をもらえたけど、団の運営費とか、いろいろ引かれるものも多かった。新人のＦランクだから、一つの仕事で手に入れた報酬も最大で大銀貨二枚だったし。

「おっ、ヤクモじゃねぇか」

突然、誰かが僕の名を呼んだ。

視線を上げると、アルベルとダズルがいた。

アルベルは白い歯を見せて、僕の肩を叩く。

「相変わらず、暗い顔してんな。仕事が見つからなかったのか？」

「……いや。今日は休む予定だから」

僕はアルベルと視線を合わせる。

「君たちは？」

「俺たちは依頼が終わったので、報酬を受け取りにきたところさ。オーガ退治のな」

「オーガ？　君たちがオーガ退治の依頼を受けられたの？」

「今回はガルディさんがパーティーに入ってくれたからさ」

「ガルディって？」

「お前の代わりに聖剣の団に入ったＡランクの冒険者だよ」

　アルベルが答えた。

「さすがＡランクだったぜ。パワーもスピードもそこらへんの冒険者とは段違いだ。しかもガルディさんは闇属性の攻撃魔法まで使えるからな」

「魔法戦士なんだ？」

「ああ。おかげで楽に大銀貨四枚ゲットできたぜ」

「大銀貨四枚か……」

　食事付きの宿屋に四日ぐらいは泊まれる金額だから、一日で終わる仕事なら、悪くない稼ぎだ。

「で、お前はどうなんだ？　この前は薬草採取の仕事を受けてたみたいだが」

「それは聞いたら、ダメだって」

　ダズルが笑いながら言った。

「Ｆランクのソロの仕事なんて、依頼料は高くても大銀貨一枚以下だよ」

「あーっ、そうだろうな。まっ、報酬が少なくても団やパーティーと違って好きに休むことができるし、自由なのはいいことかもしれないな」

「たしかにそうだね。ひひっ」

「いや、今はソロじゃないんだ」

僕は長イスから立ち上がった。

「四人パーティーでやってるよ」

「四人パーティー？」

アルベルの茶色の眉がぴくりと動いた。

「……へーっ、お前をパーティーに入れてくれる物好きがいたとはね。よかったじゃねぇか」

「うん。危険度は人数の多い団に比べて高いけど、その分、もらえる報酬も増えるから」

「はっ、Ｆランク同士のパーティーじゃ、報酬なんて、たいしたことねぇだろ」

「いや、Ｆランクは僕だけだよ。リーダーはＣランクだし」

僕は淡々とした口調で言った。

「みんな強いし、信頼できる仲間だと思うよ」

「信頼できる仲間？」

「うん。うちのリーダーが言ってたけど、それが強さより大事なんだってさ。僕も最近そう思うようになったかな」

「ふん。信頼できても、弱けりゃ意味ねぇよ」

アルベルはバカにするような顔をして、肩をすくめる。

その時、受付の近くにいた冒険者たちが騒ぎ始めた。

「んっ？　何かあったのか？」

アルベルが視線を受付に向ける。

冒険者たちの声が聞こえてきた。

「おいっ、水晶ドラゴンを倒したパーティーがいるらしいぜ」

「えっ？　団じゃなくて、パーティーで倒したのか？」

「しかも、四人パーティーだとよ」

「四人っ？　そりゃすげぇな。誰のパーティーだ？」

「リーダーは知らないが、仲間にＡランクのキナコがいるようだ」

「なるほど。Ａランク混じりのパーティーか」

「魔族殺しのキナコか」

アルベルがキナコの二つ名を口にした。

「キナコを知ってるの？」

僕の質問にアルベルはうなずく。

「猫人族でＡランクはキナコしかいないからな。奴は【無手強化】ってユニークスキルを持ってたはずだ」

「そんなことまで知ってるんだ？」

「タンサの町の周辺で活動してるＡランクとＳランクの情報ぐらいは頭に入れとかねぇとな」

アルベルが人差し指で自分の頭を叩く。

「俺もランクを上げて、今以上に稼いでやる……んっ？」

アルベルの視線が、こっちに歩いてくるキナコに向けられた。

キナコはアルベルの横をすり抜け、僕の前に立った。

「おい、ヤクモ。水晶ドラゴンの素材を売りに行くぞ」

「わかった。ピルンは？」

「ピルンはもう外にいる。さっさと報酬を山分けして、酒場で祝勝会をやりたいそうだ」

「キナコも参加するの？」

「酒が飲めるからな」

「ほどほどにしておいたほうがいいよ。酒の飲み過ぎは体に悪いから」

僕は呆然としているアルベルに向かって声をかけた。

「じゃあ、また」

「……お、おいっ！」

アルベルが僕の上着を掴む。

「おっ……お……お前、キナコのパーティーに入ってるのか？」

「うん。リーダーは別にいるけど」

「じゃあ……水晶ドラゴンを倒したパーティーは……」

「僕たちのパーティーだよ」

その言葉にアルベルの両目が大きく開いた。隣にいるダズルも驚いた顔で僕を凝視している。

銅像のように固まっているアルベルとダズルに背を向けて、僕はキナコと歩き出した。

◇　◇　◇

次の日、孤児院の一室で、僕はフローラ院長に大金貨二枚を渡した。

「え……？」

ドラゴンの姿が刻まれた厚みのある大金貨を見て、フローラ院長の目が大きく開いた。

「こんな大金……どうしたの？」

「冒険者の仕事で倒したモンスターの素材が高く売れたんだ」

「高く売れたって……」

「大丈夫。全額寄付してるわけじゃないから」

「でも、大金貨なんて受け取れないわ」

フローラ院長は大金貨を僕に返そうとした。

「これはあなたが危険な仕事で手に入れた大切なお金なんでしょ？」

「大切なお金だから、孤児院で使ってもらいたいんだよ」

僕は部屋の中を見回す。窓ガラスはひびが入っていて、色あせたソファーも一部が破けている。

「孤児院もガタがきてるしさ。このお金で修理するといいよ」

「だけど……」

「いいから。子供たちにも新しい服を買ってあげて」

「……ありがとう」

目のふちに浮かんだ涙をしわだらけの手でぬぐいながら、フローラ院長は微笑んだ。

「ヤクモくん。あなたが優しい子に育ってくれて、私は誇りに思うわ」

その言葉を聞いて、僕は幸せな気持ちになった。

もっと、お金を稼ごう。そして、いつかは孤児院の土地を買い取って、フローラ院長が家賃を払わなくていいようにするんだ。


廊下に出ると、リリスが僕に駆け寄ってきた。

リリスはポケットだらけの僕の服を見て、ぽかんと口を開ける。

「新しい服買ったの？」

「いや、これはもらったんだよ。アルミーネから」

「アルミーネ？」

リリスの金色の眉がぴくりと動いた。

「あ、僕が新しく入ったパーティーのリーダーだよ」

「えっ？　ヤクモくんは聖剣の団に入ってたんじゃないの？」

「いや、実はさ……」

僕は聖剣の団を追放されて、アルミーネのパーティーに入ったことをリリスに説明した。

「……だから、今はパーティーで仕事してるんだ」

「そう……だったんだ」

アルミーネは心配そうな顔をして、僕を見つめる。

「大丈夫なの？　危険な依頼を受けるパーティーなんだよね？」

「それは団に入っていてもいっしょだよ」

僕は笑って、リリスの肩に触れる。

「冒険者は危険と隣り合わせの仕事だからね。それに危険な仕事だからこそ、報酬も高くなるんだし」

「でも、お金よりもヤクモくんの命のほうが大切だから」

「うん。僕だって死にたくはないから、無茶なことはしないよ」

「そうかな。私が森でゴブリンに襲われた時、ヤクモくんは木の枝で戦おうとしたよね？　それで大ケガしちゃって」

「それって、八歳の頃の話じゃないか」

僕は唇を尖らせる。

「それに、あの時だってなんとかなっただろ。倒せなくても粘ってれば、近くにいた大人が助けてくれるって思ってたし」

「それでも、ぎりぎりだったから。本当は私なんか置いて逃げるべきだったんだよ」

「そんなこと、できるわけないだろ」

僕はリリスの頭を軽く叩いた。

「リリスは大切な友達で家族みたいなものだから」

「友達で家族か……」

リリスは少し寂しそうな顔をした。

「そ、それでアルミーネのことだけど、その子、どんな感じなの？」

「えーと、僕より一つ年上の十七歳らしいけど、Cランクの冒険者で錬金術師でもあるんだ。右目に魔法陣を刻んでて、魔法の発動を速くしてるんだよね。だから、素材を節約せずに戦ったら、相当強いと思うよ」

「いや、そういうことじゃなくて……外見はどうなのかな？」

「外見？　えーと、ピンク色の髪で背丈はリリスより五センチぐらい高いかな」

「……美人？　それともかわいい感じ？」

「うーん。そのへんは人によって判断が変わるかな」

「じゃあ、胸は？　私より大きい？」

「胸？　胸はリリスより大きいと思うよ」

僕がそう言うと、リリスの頬がぴくりと動いた。

「へ、へぇ、そう……なんだ」

「で、何で、アルミーネの胸を気にしてるの？」

「それは……」

リリスは自分の胸を右手で押さえて、僕をにらみつける。

「もういいよ！　ヤクモくんのバカっ！」

リリスはぷっと頬を膨らませて、僕から離れていった。

どうしたんだろう？　突然不機嫌になって。

たまにリリスは怒ることがあるけど、その理由がわからない時があるんだよな。どうして怒ってるのか教えてくれればいいのに。

僕は首を傾けて、頭をかいた。

第四章　昇級試験

数日後、僕はタンサの町の南にある森の中にいた。

周囲には白色のプレートをつけたFランクの冒険者たちが百人以上集まっていた。

十代半ばの冒険者が多く、昇級試験に備えて、武器や防具のチェックをしている。

やっぱり試験は緊張するな。

僕は胸に手を当てて、深く息を吸い込む。

アルミーネは、『今のあなたならEランクへの昇級試験なんて楽勝だよ』って言ってたけど、逆にプレッシャーがかかったな。

パーティーは少人数だから、Fランクがいると信用が落ちる。なんとか昇級してEランクになっておかないと……あ。

数十メートル先に、アルベルとダズル、カミラの姿があった。

アルベルたちも試験を受けるのか。

アルベルたちが僕に気づいて近づいてきた。

「よぉ、ヤクモ」

アルベルが冷たい視線を僕に向けた。

「お前も昇級試験を受けにきたのか？」

「ちょうどパーティーの仕事もなかったから」

「パーティーの仕事……ね」

アルベルは短く舌打ちをする。

「お前、どうやって、キナコのパーティーに入ったんだ？」

「リーダーの錬金術師から勧誘されたんだ」

「お前が勧誘された？」

「うん。僕のユニークスキルを認めてくれて」

「はっ、紙を出すだけのスキルをか？　そりゃ、目が曇ってるリーダーだな」

アルベルは唇を歪めて笑った。

「パーティーの中にＡランクのキナコがいるから、運よく水晶ドラゴンを倒せたみたいだが、その程度のリーダーがまとめてるパーティーなら、すぐに命を失うことになるぜ」

「そうならないように気をつけるよ」

「おいっ、ヤクモ！」

ダズルが僕の肩を掴む。

「お前、水晶ドラゴン討伐の報酬、いくらもらったんだ？」

「大金貨三枚とちょっとかな」

「大金貨三枚っ？」

カミラが大きく口を開けた。

「何それ。一年近くは暮らせる額じゃない。そんなにもらえたの？」

「うん。リーダーが巨大なモンスターも収納できるアイテムを持っていたからね。水晶ドラゴンを丸ごとアイテム屋に売れたんだ」

「そんなにもらえるなんて……」

カミラのノドが動いた。

「ほんと、お前って運がいいよな」

アルベルが眉を吊り上げる。

「だが、昇級試験は一人で受けるものだぜ。ここではAランクのキナコが助けてくれることもないからな」


木の板で組まれた台の上に五十代ぐらいの男が立った。

男は茶髪のオールバックで赤いネクタイをつけている。

「Fランク冒険者の皆さん、お待たせしました」

低く柔らかな声が森の中に響いた。どうやら、声を大きくする魔法を使っているようだ。

「私は試験を担当する冒険者ギルドの職員のランドンです。それでは、Eランクへの昇級試験の内容を説明します」

冒険者たちの視線がランドンに注がれる。

「今回の試験は、この森の中にいるモンスターの素材の調達です。市場価格で金貨一枚以上の素材を二十四時間以内に手に入れてください。それでEランクへの昇級を認めます」

二十四時間で金貨一枚以上の素材か。なかなか厳しい条件だ。

僕はこぶしを口元に寄せて考え込む。

素材にならないゴブリンを倒しても意味がない。かといって、スライムを倒して『スライムの欠片』を狙うのも効率が悪いな。『スライムの欠片』は絶対に手に入る素材じゃないし、手に入れても一つ銀貨三枚ってところだ。

つまり、三十四個手に入れなければ、金貨一枚以上にならない。

となると、『飛行亀の甲羅』あたりか。あれなら、二つで金貨一枚を超えるはずだ。しかも、そんなに強くないし。

周囲にいた冒険者たちの声が耳に届く。

「今回はわかりやすいルールだな」

「ああ。だが、それなりに厳しい試験かもしれん。モンスターの取り合いになるからな」

「理想は、弱いが手に入る素材は高いモンスターを倒すことだな。『虹色鳥』とか。あれなら、一羽捕まえれば、羽の素材だけで金貨一枚以上だ」

「『白銀狼』でもいいな。あれの毛皮は金貨二枚を超える」

「ドラゴンを倒せば、大金貨十枚以上になるぜ」

「バカかっ！　Fランクの俺たちがドラゴンなんか倒せるわけねぇだろ。つーか、この森にドラゴンなんていねぇよ」

「ふん、楽勝な試験だな」

アルベルが鼻で笑った。

「これなら、二十四時間もいらないぜ。さっさとモンスターを倒して、試験を終わらせてやる」

「そうだね」とダズルが同意した。

「僕たちは聖剣の団に選ばれた有望な冒険者だ。ここにいる才能のない連中とは違う」

「ああ、キルサスさんに恥をかかすわけにもいかないしな。圧倒的な差を見せつけてやる！」

アルベルは右手をこぶしの形に変える。

「ヤクモっ！　お前に教えておいてやる」

「え？　何を？」

「俺たちとお前の実力の違いをだよ」

アルベルは僕の顔を指さす。

「お前は運よく強いパーティーに入ることができて、運よく水晶ドラゴンを倒せた。でも、幸運は長くは続かない。ちょっとしたきっかけで不運になることもあるんだ」

「不運か……」

「ああ。昇級試験で死んだ冒険者もいるからな」

アルベルは敵意を感じる視線を僕に向けた。

「では、五分後に昇級試験を開始します」

ランドンの声が聞こえた。

「金貨一枚以上の素材を手に入れた方は、この場所に戻ってきてください。また、ケガなどでリタイアされる方は森の中にいる職員に伝えてください。魔法医を手配していますから」

その言葉を聞いて、冒険者たちは表情を引き締める。

僕は頭を下げて、アルミーネが作ってくれた特別製の服を見る。魔法のポケットには、いろいろなタイプの紙が入っていて、これを状況に応じて使えば、基礎魔力を温存することが可能だ。

これでＥランクになれなかったら、僕がダメってことだ。

絶対に昇級試験をクリアしないと！

◇◇◇

試験開始の合図とともに、百人以上の冒険者たちが一斉に動き出した。

僕は少し遅れて、南に向かって歩き出す。

この森の周辺の地図は試験会場がここってわかった時に買ってある。南には水場が多いし、そこにモンスターがいる可能性は高い。

同じように考えているのか、数人の冒険者が僕を追い抜いていく。

モンスターは最初に攻撃を仕掛けた冒険者のターゲットになる。近くにいるモンスターは取り合いになるはずだ。

僕は木々の間をすり抜けて、落ち葉が積もった斜面を登る。

数十分後、広大な南の森が見渡せる場所に出た。

右側に川が流れていて、左側には小さな湖が見える。

「さて、どっちに行くべきか」

僕は腕を組んで考え込む。

あの湖だと他の冒険者と出会う可能性が高くなるか。川のほうがよさそうだ。

その時、茂みの上に森クラゲが浮かんでいるのが見えた。

森クラゲは体長が三十センチぐらいで全身が青白く発光していた。

森クラゲは森に生息するクラゲだ。無害なモンスターで素材は手に入らない。

「見た目はキレイなんだけどなぁ」

人差し指で森クラゲを突く。森クラゲはふわふわと宙を漂いながら、僕から離れていった。

「よし！　行くか」

僕は魔喰いの短剣を握り締め、細い獣道を走り出した。


木の枝から垂れた草のつるをかき分けながら進んでいると、川辺で白銀狼と戦っている冒険者の少女の姿が見えた。

少女は十代半ばぐらいで、華奢な体格をしていた。髪は青色のショートで頭部にウサギの耳が生えている。どうやら、亜人のようだ。

少女は白銀狼の突進を避けながら、短剣を突いた。銀色の刃が白銀狼の胸元に刺さる。しかし、白銀狼はダメージを感じていないのか、少女への攻撃を続けている。

白銀狼か。あれを倒して毛皮を剥ぎ取れば、金貨二枚以上の素材になる。それで試験クリアになるけど、問題は倒せるかどうかだ。白銀狼は素早いし、前脚の爪は長くて鋭い。

「ウォオオオーン」

白銀狼は全身の毛を逆立てて、少女に飛びかかる。少女はその攻撃を避け損なった。青い爪が少女の肩を裂き、緑色の服が赤く染まる。

まずい！　このままじゃ、あの子が殺されてしまう。

この距離ではまだ無理か……もう少しだけ近づいて……。

白銀狼が前脚を振り下ろす。少女の短剣が青い爪に当たり、弾き飛ばされた。

「ウォオオオーン！」

白銀狼は青ざめた顔をした少女に向かってジャンプした。

「『魔防壁強度三』！」

具現化した白い紙が三枚重ねになって壁を作る。その壁が白銀狼の攻撃を止めた。

「今のうちに短剣を拾って！」

僕の声が聞こえたのか、少女は慌てて短剣を拾い上げ、白銀狼の側面に回り込む。

そして、体ごとぶつかるように短剣を白銀狼の首に突き刺す。

「ウォ……オオ……」

それでも白銀狼は大きく口を開けて、少女を噛もうとした。上下の白い牙がカチカチと音を立てる。

少女は白銀狼の頭を左手で押さえながら、右手に持った短剣を強く押し込んだ。

数秒後、白銀狼の動きが止まった。ぐらりと体が傾き横倒しになる。

よし！　倒せたみたいだな。

僕は少女に歩み寄った。

「回復薬は持ってる？」

「あ、う、うん」

少女は腰につけていたポーチから回復薬を取り出し、一気に飲み干した。肩の傷がゆっくりと塞がり血が止まる。

なかなか、グレードの高い回復薬を持ってるな。短剣も魔法武器みたいだし、Ｆランクにしては珍しい。

と、これなら問題なさそうだ。僕も素材になるモンスターを探さないと。

「じゃあね」

僕が歩き出すと、少女が僕の腕を掴んだ。

「待って！」

「ん？　どうしたの？」

「これ、私がもらっていいの？」

少女は倒れている白銀狼を指さした。

「もちろんだよ。戦っていたのは君だから」

「でも、私はあなたに助けられなければ死んでたし」

「ちょっと手伝っただけだよ」

僕は少女と視線を合わせる。

「白銀狼を倒したのは君だから」

「……ありがとう。私はミルファ。あなたの名前は？」

「僕はヤクモだよ」

「ヤクモか。あなた、ユニークスキル持ち？」

「うん。紙を操る能力かな」

「へーっ、紙か。面白い能力だね」

ミルファは青色の瞳で僕を見つめる。

「頑張ってね。あなたの昇級を祈ってるから」

「君も毛皮剥ぎ、頑張って」

そう言って、僕は上流に向かって走り出した。

◇　◇　◇

それから、八時間が経過した。

既に太陽は沈んでいて、周囲を照らしているのは目の前の焚き火の明かりだけだ。

僕は焚き火の前にあぐらをかいて、手に入れたモンスターの素材を確認する。

「えーと……『一角ウサギの角』が三本と『雷リスのしっぽ』が一つか」

これだと全部で大銀貨六枚ぐらいだな。目標の金貨一枚には残り大銀貨四枚か。

残り時間が十四時間ぐらいだから、ペース的には悪くない。

ミルファみたいに白銀狼を見つけられれば、クリアできたんだけどな。今の僕なら、白銀狼はソロでも倒せるはずだし。

腰に提げていた魔法のポーチから干し肉を取り出し、一口かじる。

食事はこれと乾パンでいいか。体力も基礎魔力も十分残ってるし。

少し休んだら、滝のある場所に行ってみるか。

僕は視線を側に置いてある地図に向ける。

多少、離れてるけど、あの辺りなら、他の冒険者とモンスターの取り合いにならないだろう。

と、休憩中に紙のストックを増やしておくか。

僕は意識を集中させて、脳内で新しい魔式をイメージする。

光属性と風属性を付与させる魔法文字を追加して、一定の条件で爆発するような仕掛けも組み込む。

数秒後、目の前に黄金色に輝く小さな紙片が具現化した。その紙片を指でつまみ、魔法のポケットに入れる。

この紙は魔式が複雑で具現化に時間がかかるし、一枚じゃ意味がない。時間がある時にストックを増やしておかないと。

僕は頭を下げて、服についた十個以上のポケットを見つめる。そのポケットの中には、いろんなタイプの紙が入っていた。

状況に応じて、この紙を使っていけば、相手の意表をつくことができるだろう。紙を利用した攻撃は僕だけしか使えないんだから。

その時、後方から、ガサリと音が聞こえた。

素早く振り返ると、そこにはダズルが立っていた。

「こんなところにいたのか、ヤクモ」

ダズルは足音を立てずに僕に近づく。

「……雷リスを捕まえたのか。そいつは強くないけど素早くて倒すのが大変だよな」

「運がよかったんだ。逃げ場のない木の穴の中にいたから」

「へぇ、まだ運がいいみたいだね」

「何か用なの？」

「いやさ。金を貸してくれないかな？」

「……お金？」

「ああ。水晶ドラゴンを倒して、たんまり報酬をもらったんだろ？」

ダズルは片方の唇の端を吊り上げて笑った。

「大金貨一枚ぐらい僕に貸してくれてもいいだろ?」

「それは無理だよ。そんなに手持ちがないし」

「手持ちがないって、何に使ったんだ?」

「大金貨二枚は寄付したし、残った分も、ほとんど冒険用のアイテムを揃えるために使ったから」

「はぁ?　ウソつくなよ。そんな大金を寄付するわけないだろ」

ダズルの声が大きくなった。

「いや。寄付したのは僕が育った孤児院なんだ」

「だからって、大金貨二枚はありえないぞ。お前、脳が溶けてるのかよ?」

「そんなに変なことかな?」

僕は首をかしげる。

「孤児院のみんなは家族みたいなものだし、僕もみんなが喜ぶ顔をみたいから」

「……ちっ!　じゃあ、いくらなら持ってるんだ?」

「金貨三枚分ぐらいかな。でも、これは生活費と魔法関係の本を買うのに使いたいから」

「魔法関係の本?」

「うん。もっと魔法の勉強をしたくて。【紙使い】のスキルを強化できそうだから」

「あんなクズスキルを強化しても、意味ないだろ」

ダズルは不機嫌そうに唇を歪める。

「つまり、僕に貸せる金はないってことだな？」

「うん。悪いけど」

数秒間の沈黙の後――。

「……わかったよ」

ダズルは肩をすくめて口角を吊り上げた。

「お互いに昇級試験、頑張ろうぜ」

そう言うと、ダズルは右足で『雷リスのしっぽ』を蹴った。『雷リスのしっぽ』が焚き火の中に入り、燃え上がる。

「あーっと、ごめん。足が滑っちゃったよ。ひひっ」

ダズルは気味の悪い笑い声をあげた。

「あーあ、これはマズイよね。残りの素材は……大銀貨一枚と銀貨五枚ぐらいか」

「ダズル……」

「おいおい、怒るなよ。運の悪い事故だろ？」

ダズルはだらりと舌を出す。

「まだ時間は十四時間ぐらいあるし、なんとかなるって。じゃあな」

そう言って、ダズルは茂みの奥に消えた。

「ダズルらしい嫌がらせだな」

僕はため息をついて燃え続ける雷リスのしっぽを見つめる。

これで、残り大銀貨八枚と銀貨五枚分の素材を手に入れないといけなくなった。

「こうなったら、大物を狙ってみるか」

僕は焚き火の後始末をして、滝のある西に向かって走り出した。

◇　◇　◇

三時間後、僕は無数の森クラゲが浮かぶ森の中にいた。青白く輝く森クラゲが周囲の景色を青く照らしている。

幹回りが十メートルを超える巨木の横を通り過ぎると、その先に滝が見えた。滝の周囲には巨大な岩が積み重なっていて、緑色の苔が生えている。

この場所は期待できそうだ。周囲に動物の足跡があったし、それを狙うモンスターがいる可能性は高い。

僕は茂みをかきわけて、滝に近づく。

滝の周囲は開けた場所になっていて、夜空に浮かんだ巨大な月が僕の姿を照らす。

今夜の月はきれいだな。円形のくぼんだ地形がくっきりと見える。

と、月を見てる場合じゃないか。

きょろきょろと周囲を見回すと、滝壺の奥の茂みが僅かに揺れていた。

何かいるな。

僕は短剣を握り締め、水しぶきを立てている滝壺に近づく。

理想は飛行亀か。飛行亀なら、大銀貨五枚の素材になる。

ガサ……ガサ……。

茂みから姿を見せたのは……青白いスライムだった。

「あ……スライムか」

スライムじゃなぁ。まあ、運がよければ『スライムの欠片』が手に入るかもしれないし、一応倒しておくか。

その時、滝の上部から何かが落ちてきた。それは長く大きく、そして黒かった。

僕は後ずさりして距離を取る。

それは全長十五メートルを超える巨大なムカデだった。長い体が黒光りしていて、無数の脚は黄白色だった。

「鎧ムカデ⁉」

僕は目の前のモンスターの名を口にした。

こいつは水晶ドラゴンほどじゃないけど、危険なモンスターだ。牙には毒があるし、巨体のわりにスピードも速くて防御力も高い。

僕はオレンジ色に輝く頭部の触角を見つめる。

『鎧ムカデの触角』は幻魔病に効く薬の材料になる素材だ。二本で大金貨一枚にはなるだろう。

「金貨一枚の素材でよかったのに……」

カチ……カチ……カチ……。

鎧ムカデは牙を鳴らしながら、ヘビのように鎌首をもたげる。

こうなったらやるしかない。倒せば、余裕で昇級試験クリアだ！

僕は魔喰いの短剣を強く握り締める。

水晶ドラゴンの時は強い仲間が側にいた。でも、今は僕だけだ。ちょっとしたミスが命取りになる。集中して戦うんだ。

僕は茂みを背にして、ゆっくりと右に移動する。

その動きに合わせて、鎧ムカデの頭部が動く。

そして――。

無数の黄白色の脚を動かして、鎧ムカデが僕に突っ込んできた。

「『魔防壁強度九』！」

銀色に輝く紙が重なり合い、宙に壁を作る。その壁を鎧ムカデが牙で噛み千切った。

「強度九でもダメかっ！」

強度十の魔防壁は魔法のポケットにストックがない。この場で魔式をイメージして具現化するには時間がかかりすぎる。

僕は鎧ムカデの側面に移動しながら、魔喰いの短剣を振った。青白い刃が一メートル以上伸びて、鎧ムカデの黄白色の脚を斬る。黄色の体液が飛び散り、斬られた脚がバタバタと地面を飛び回る。

「ジッ……ジジ……」

鎧ムカデが不気味な鳴き声をあげて、僕の周囲をぐるぐると回る。

一本の脚を斬ったぐらいじゃ、スピードは落ちないか。

僕は唇を強く噛んで、鎧ムカデの攻撃に備える。

鎧ムカデの口が開き、直径二十センチ以上の火球が次々と発射される。

僕は紙の足場を作って、連続ジャンプで火球を避ける。

鎧ムカデの体は硬いから、一撃で決めるのは難しい。まずは右側の脚を狙う。

「『風手裏剣』！」

僕はマントのポケットにストックしていた百本の手裏剣を同時に出し、鎧ムカデの右側の脚を狙った。手裏剣がくるくると回りながら、鎧ムカデの脚を数本切断する。

鎧ムカデの体が僅かに傾き、僕を追うスピードが遅くなった。

よし！　これで頭部を狙いやすくなっ……。

突然、鎧ムカデが体を捻った。黄白色のしっぽの先端が僕の腹部に当たる。

強い衝撃を感じると同時に僕の体が飛ばされた。

ぐっ！　しまった。この攻撃は……予想外だったな。

僕は唇を噛み締め、立ち上がる。

だけど、アルミーネが作ってくれた服のおかげでダメージは抑えられた。まだ、戦えるぞ！

迫ってくる火球を水属性を付与した紙で止めながら、僕は走り出す。

カチ……カチ……カチカチ……。

背後から鎧ムカデが牙を鳴らす音が聞こえてくる。

ここで決める！

僕と鎧ムカデの間に壁が五つできた。

鎧ムカデは鋭い牙でその壁を斬り裂いていく。

紙は斬り裂ける……そう思っているよね？

五つ目の壁に鎧ムカデが突っ込むと、その壁が鎧ムカデの頭部を包み込んだ。

引っかかったな。最後の紙の壁だけは粘着性のある特別な紙で壁を作っていたんだ。

鎧ムカデは頭部を地面にこすりつけて、紙を剥がそうとする。

「その時間は与えない！」

僕は鎧ムカデに走り寄り、紙に包まれた頭部の口の部分に長く伸びた魔喰いの短剣の刃を突き刺した。

それでも鎧ムカデは長い胴体をバタバタと動かして暴れ続ける。

それなら、魔法のポケットにストックしていた火属性を付与した紙を使って……。

「『巨斧炎龍』！」

数百枚の紙が組み合わさり、巨大な斧の形になった。斧の刃がオレンジ色の炎に包まれる。

巨斧炎龍は巨人が斧を振るうかのように鎧ムカデの体を真っ二つに切断した。

二つに分かれた鎧ムカデの体が燃えて、白い煙が上がる。

巨斧炎龍を形作っていた紙が黒く変色し、炎が消えると同時に消滅した。

「ジ……ジジ……」

鎧ムカデの動きが弱まり、完全に動かなくなった。

僕は溜めていた息を全て吐き出し、その場に座り込む。

「た、倒せた……か」

巨斧炎龍は炎の効果で強力なダメージを与える技だ。炎は斧も燃やすから、五秒程度しか具現化を維持できないけど、一撃で相手を倒せるなら問題はない。

荒い呼吸を整えながら、僕は鎧ムカデの巨体を見つめる。

紙を組み合わせて大きな武器を作る魔式も使えるな。これなら巨大なモンスター相手でも、大きなダメージを与えられる。

「と、休んでる場合じゃないか。素材を回収しないと」

立ち上がろうとしたが、腹部に痛みを感じた。

仕方ない。もったいないけど、回復薬を使っておくか。

僕は魔法のポーチから回復薬を取り出し、一気に飲み干す。

腹部の痛みがなくなり、体が軽く感じた。

僕は鎧ムカデに歩み寄り、頭部と胴節の継ぎ目に魔喰いの短剣を突き刺した。

◇　◇　◇

森の中の開けた場所に数十人の冒険者たちが集まっていた。

周囲には冒険者ギルドの職員がいて、冒険者たちが手に入れた素材を確認している。

「……『飛行亀の甲羅』が二つで……金貨一枚と大銀貨二枚ですね。おめでとうございます。条件クリアでＥランクに昇級です」

「おっしゃ！　やったぜ！」

茶髪の少年がぐっとこぶしを握る。

隣にいた少女が口を開く。

「私も運よく虹色鳥を捕まえたから、楽にクリアできたよ。運命の神ダリスに感謝しないと」

「ああ。今回の試験は運の要素が強いからな。実力があってもモンスターを見つけられなければ、どうにもならないし」

「そうね。まだ、条件をクリアできてない人たちもいるみたい」

「まだ、戻ってない奴らはまずいな。試験終了まで残り二時間を切ってるし」

その時、木の陰からアルベルが姿を見せた。

アルベルは魔法のポーチから取り出した黄金色の毛皮を職員に放り投げた。

「こ、これは『黄金熊の毛皮』ですか？」

職員の目が丸くなった。

「ああ。小さいサイズだが、これで金貨六枚にはなるだろ」

「は、はい。しかし、よく黄金熊を倒せましたね。こいつはＤランクの冒険者でもソロで倒すのは厳しいモンスターですよ？」

「まあ、多少は手こずったがな」

アルベルは白い歯を見せて胸を張る。

「まあ、俺は聖剣の団の団員だからな。ぎりぎりの金額で条件クリアなんて、恥ずかしいことはできないんだよ」

「さすが、アルベルね」

カミラがアルベルの肩に触れた。

「黄金熊を倒してくるなんて、やるじゃない」

「まあな。で、お前はどうなんだ？」

「一角ウサギや紫トカゲを大量に殺して、なんとか金貨一枚分の素材を集めたわ」

「ぎりぎりかよ。ダサいな」

「しょうがないでしょ。高い素材になるモンスターが見つからなかったんだから」

カミラは赤色の髪に触れながら、唇を尖らせる。

「私だって、黄金熊を見つけたら、火属性の魔法で倒せるから」

「それじゃあ、素材の毛皮が焦げちまうだろ」

アルベルはカミラの腕を軽く叩く。

「で、ダズルは？」

「僕も三時間前に条件クリアしたよ」

カミラの背後から、ダズルが姿を見せる。

「僕は全部で金貨一枚と大銀貨五枚ぐらいかな」

「そうか。まあ、全員Ｅランクになれたのなら、よしとするか」

「おいっ、あいつら、聖剣の団の団員みたいだな」

周囲にいた冒険者たちがアルベルたちに視線を向ける。

「黄金熊を倒すなんて、たいしたもんだぜ」

「あ、ああ。俺の団のＤランクの先輩は黄金熊に殺されたんだよな」

「まあ、聖剣の団が団員にするぐらいだから、もともと素質がある連中なんだろう。複数の戦闘スキル持ちとかさ」

「さすが聖剣の団だな。いい新人を団員にしてるぜ」

称賛の言葉にアルベルの口角が吊り上がった。

「ちょっと目立ちすぎたかな」

「まっ、目立つのにも慣れとかないとね」

カミラが言った。

「Ａランクの冒険者になったら、顔と名前は町中に知られちゃうんだし」

「どうせなら、Ｓランクになって、ゲム大陸にいる人族全員に俺の名前を覚えさせてやるさ！」

アルベルは茶色の前髪を指先で払う。

「あ、そうだ。面白い話があるんだ」

ダズルが口を開いた。

「ヤクモのことだけどさ」

「んっ？　ヤクモがどうかしたのか？」

「実はさ……」

ダズルはヤクモが手に入れた『雷リスのしっぽ』を蹴って、焚き火の中に放り込んだことをアルベルたちに話した。

「……だから、ヤクモは素材集めが間に合わないかもしれないよ。この時間になっても、戻ってきてないしね」

「へーっ、そいつは面白いな」

アルベルがにやりと笑った。

「聖剣の団を追放されて、Ｅランクの昇級試験にも落ちるか。まあ、あいつの実力じゃ、順当な結果だが」

「だよね。今までは運に助けられてたけど、今回はダメかもしれないね。ひひっ」

ダズルは甲高い笑い声をあげる。

「これでヤクモを勧誘したパーティーのリーダーも気づくだろうね。あいつが使えない紙使いってことをさ」

「ははっ、そうかもな」

アルベルたちは笑い出した。

その時、細い獣道から、ヤクモが姿を見せた。

◇　◇　◇

集合場所に戻ると、アルベルたちの姿が見えた。

アルベルが会話を止め、僕に近づいてくる。

「おい、ヤクモ。金貨一枚分の素材は手に入ったのか？」

「なんとかね」

僕は素材が入った魔法のポーチを軽く叩いて、近くにいた職員に歩み寄る。

背後からアルベルの舌打ちが聞こえた。

僕が素材を集められないことを期待していたんだろう。

「すみません。素材の確認をお願いします」

「はい。わかりました。では、素材を見せてください」

職員の男がにっこりと笑って、右手を差し出す。

「ちょっと大きいので、地面に置きます」

僕は魔法のポーチに手を入れて、目の前の地面に鎧ムカデの頭部を出現させた。

「鎧ムカデの頭部です。触角が素材になるはずですが、このほうが素材を傷つけないと思って」

「……はっ？」

職員の男がぽかんと口を開けて、鎧ムカデの頭部を凝視する。

数秒後——。

「鎧ムカデを倒したんですか？」

その言葉に冒険者たちが集まってきた。

「おっ、おい！　マジで鎧ムカデの頭じゃねぇか」

「あ、ああ。あんな化け物を倒したのかよ？」

「う、ウソだろ？　鎧ムカデをソロで倒すなんて、Bランクの冒険者でも無理だぞ」

周囲の視線が僕に集中する。

「おいっ、ヤクモ！」

アルベルが荒い声を出した。

「お前っ、どうやって、鎧ムカデの頭を手に入れたんだ？」

「え？　倒したからだけど」

僕はアルベルの質問に答える。

「いや、お前が鎧ムカデを倒せるはずがない！　こいつは紙なんかで倒せるようなモンスターじゃないんだ！」

「そんなこと言われても、倒したのは事実だし」

僕は職員の男に視線を向ける。

「問題ないですよね？」

「そう……ですね」

職員の男はしゃがみ込んで、鎧ムカデの頭部を確認する。

「……問題ありません。間違いなく鎧ムカデの頭部です。触角は全く傷ついていませんから、これだけで、えーと……大金貨一枚と金貨二枚になります」

「じゃあ、僕はＥランクに昇級できますか？」

「もちろんです」

職員の男はきっぱりと答えた。

「というか、素材の価値はあなたがダントツですよ。二番目が『黄金熊の毛皮』で、金貨六枚ですから」

「へーっ、黄金熊を倒した人もいるんだ」

「はい。でも、あなたのほうがすごいですよ。まさか、Ｆランクの冒険者がソロで鎧ムカデを倒すなんて」

職員の男は目を輝かせて、僕を見つめる。

「あなたの名前を教えてください！」

「僕はヤクモです」

「ヤクモさんですね。あなたの名前、覚えておきますよ。きっと、あなたは将来Aランクになるでしょうから」

その言葉に冒険者たちが騒ぎ出した。

「いやぁ、驚いたぜ。黄金熊を倒した奴もすげぇと思ったが、それよりも危険な鎧ムカデを倒す奴がいたとはな」

「ええ。ほんと信じられない。私たちの団に入団してくれないかな？」

「いや、あれだけ強いのなら、もう、どこかの団に入っているだろうさ」

団から追放されて、今はパーティーに入っているけどね。

僕は心の中で、そう答えた。

「ヤクモ……」

アルベルが僕の肩を強く掴んだ。

「お前、覚えてろよ」

「ん？　覚えてろって何を？」

「俺に恥をかかせたことをだ！」

アルベルは歯をぎりぎりと鳴らした。

「えっ？　恥って？」

「黄金熊を倒したのは俺なんだよ」

「じゃあ、いいじゃないか。お互いにEランクになれるし」

「そういうことじゃねぇ！　お前は俺のプライドを傷つけたんだ！」

怒りの表情を浮かべて、アルベルは言葉を続ける。

「どんなトリックを使って鎧ムカデを倒したかはわからねぇが、お前は戦闘スキルを持ってない弱い冒険者だ。それは間違いない」

「たしかに僕は弱いよ。鎧ムカデとの戦いもぎりぎりだったし」

僕は鎧ムカデの頭部を見つめる。

「運が悪ければ死んでいたと思う」

「また、運かよ！」

アルベルは短く舌打ちをした。

「ほんと、イラつく男だな。お前は」

そう言うと、アルベルは僕に背を向けて離れていった。

ダズルとカミラも僕をにらみつけた後、アルベルの後を追う。

僕はふっと息を吐いて、頭をかく。

聖剣の団にいた頃は、ここまで敵意は持たれてなかったのにな。

まあ、その頃から、アルベルたちは僕を下に見てたし、好意は持たれてなかったか。

一瞬、アルミーネやピルン、キナコの姿が脳裏に浮かんだ。

アルミーネたちはアルベルたちとは違う。まだ、仲間になったばかりだけど、僕と対等の立場で接してくれる。冒険者ランクはアルミーネたちのほうが上なのに。

やっぱり、聖剣の団を追放されてよかったな。

「ヤクモさん」

職員の男が僕に黄土色のプレートを渡した。

「これがＥランク冒険者の証であるプレートです。Ｆランクのプレートは回収させていただきますので」

僕は受け取った黄土色のプレートを見つめる。

これで僕もＥランクの冒険者か。

きゅっと身が引き締まる気がした。

いや、まだまだこれからだ。アルミーネの目的は混沌の大迷宮の最下層を目指すことだ。

それなら、Ｅランク程度じゃ話にならない。Ｂランク……いや、Ａランクの冒険者を目指さないと。

僕は黄土色のプレートを強く握り締めた。

第五章　危険な依頼

昇級試験から、一ヶ月後。

僕はアルミーネの家の庭でキナコと戦っていた。

短剣に見立てた木の棒を振り下ろすと、キナコは右足を一歩引いて、その攻撃をかわす。

「まだまだっ！」

僕は大きく左足を踏み出し、木の棒を突いた。

キナコは右手の肉球で木の棒を弾き、前に出る。

くっ！　やっぱり速いな。

僕はキナコのパンチを左に跳んで避ける。その動きをキナコは読んでいた。同時に左に移動して、僕の足を払う。

「うわっ！」

僕はバランスを崩して横倒しになる。

起き上がろうとした瞬間、キナコの肉球が僕の頭を軽く叩いた。

「まだ、動きが甘いな」

キナコは腕を組んで僕を見下ろす。

「俺のパンチを避けるまではいい。だが、視線が避ける方向を向いていたぞ。相手が弱い奴なら、視線に気づかないが強者は違う。覚えておくんだな」

　僕は上半身を起こして、上着についた土を払う。

「そんなところも戦闘でチェックしてるんだね。勉強になるなぁ」

「ふん。それにしてもお前も熱心だな。昇級試験から戻って、毎日、模擬戦を挑んでくるとは」

「もっと強くなりたいと思って」

「もっと強く……か」

　キナコは金色の目を細くする。

「お前の紙を操る能力は応用力が高く、遠距離でも戦える。それなのに白兵戦を鍛えるのか？」

「そのほうが生き残りやすいと思って。紙の能力で防げない攻撃もあるだろうし、魔力の節約にもなるから」

「なるほどな。たしかに白兵戦に強くなれば、魔法戦士と同じ戦い方もできるか。いや、紙の能力のほうが敵の意表も突けるな」

「うん。珍しい能力だから予想できないし」

　僕は立ち上がって、手足を軽く動かす。

「キナコには迷惑かけると思うけど、時間がある時は、これからも模擬戦の相手をしてもらえると助かるよ」

「問題ない。パーティーの仲間が強くなれば、両親の願いが叶えられる可能性も上がるからな」

「どんな願いなの？」

「故郷の村を滅ぼした六魔星ゼルディアを倒すことだ」

キナコは遠い目をして、青い空に浮かんだ雲を眺めた。

「といっても、その頃の俺は生まれたばかりの子猫だったからな。村に思い入れはない。だが、仲間を殺され、命からがら逃げ出した両親にとっては大切な故郷だ。だから死ぬ前に俺に遺言を残した。『村を滅ぼした魔族を倒してくれ』とな」

「それが六魔星のゼルディアだったんだ？」

「ああ。お前も知ってるだろ？　六魔星は魔王ゼズズの幹部で圧倒的な力を持つ六人の魔族の称号だ。奴らは多くの人族を殺し、いくつもの小国を滅ぼした。そんな危険な相手と戦おうとする団やパーティーはほとんどいない。リーダーの方針の問題もあるしな。だから、俺はソロでいたんだ」

「……そっか。そんな事情があったんだ」

僕は首輪につけた銀の鈴に触れているキナコを見つめる。

「そう暗い顔をするな」

キナコが僕の太股を肉球で叩いた。

「お前だって、孤児院育ちだと聞いてるぞ」

「うん。でも、僕の親は生きてるかもしれないから」

「……生きていたら、親に会ってみたいか？」

「そう……だね」

僕はうなずいた。

「僕が捨てられた時、服の中に革袋が入っていたんだって。そこに僕の名前が書かれた紙と大金貨が一枚入れてあったんだ」

「ほぅ、大金貨か？」

「うん。だから、僕を捨てた理由はお金の問題じゃないって、フローラ院長が言ってたんだ。それに」

「それに何だ？」

「僕の親は異界人の血が流れているのかもって」

そう言って、僕は紫がかった黒髪に触れる。

「ほら、異界人って、特別な能力を持っていることが多いから。その血が流れてるから、ユニークスキルを二つ持ってるのかもしれない」

「なるほど。異界人の血か」

「あくまでも想像だけどね。本当かどうかは親に聞いてみないと」

「……そうだな」

キナコは僕の顔を見つめる。

「お前が両親に会えることを祈って、今夜は酒を飲むことにしよう」

「あなたはいつも飲んでるじゃない！」

いつの間にか門の前にアルミーネが立っていた。

「少しは節酒しなさい。そうしないと、ゼルディアを倒す前に体を壊して死ぬことになるから」

「ふっ、それもいいかもしれんな。霊界にいる両親に顔を引っかかれることになるだろうが」

　キナコは自虐的な笑みを浮かべる。

「で、アルミーネ。新しい仕事は決まったのか？」

「ええ。冒険者ギルドからの依頼だけどね」

　アルミーネは丸めた依頼書を僕たちに見せる。

「とりあえず、家の中で話すから。紅茶でも飲みながらね」

「俺は酒のほうがいいんだが」

　ぼそりとキナコがつぶやいた。


「最近、西の森に新しいダンジョンが見つかったの」

　アルミーネは部屋の真ん中にあるテーブルの上にタンサの町周辺の地図を広げた。

「場所は……この辺で中は相当広いみたい」

「そのダンジョンの探索を頼まれたの？」

　僕の質問にアルミーネは首を横に振る。

「ダンジョンの探索はレステ国の調査団がやってる……いや、やってたかな」

「やってた？」

「うん。今は行方不明。その調査団を救出するのが仕事なの」

そう言って、アルミーネは白いカップに入った紅茶を口にする。

「……んっ、美味しい。いい茶葉を使っただけはあるかな」

「紅茶の感想より、話を進めろ」

キナコがじろりとアルミーネを見る。

「ごめんごめん。で、調査団の人数は三十人。それに護衛の冒険者のパーティーが十人」

「んっ？　四十人全員が行方不明か？」

「そうみたい」

一瞬、部屋の中の空気が冷えたような気がした。

「何かの事故か、危険なモンスターに遭遇したか……」

キナコは胸元で腕を組む。

「しかし、その規模の行方不明者を捜すのに俺たちのパーティーだけなのか？」

「ううん。私たち以外に二つの団が参加するみたい」

「二つの団？」

「一つは月光の団ね。タンサの町で一番実力がある団よ」

「Ｓランクのハイエルフがリーダーをやってる団か？」

「そう。十二英雄の『銀月のシルフィール』ね。彼女の強さは他国にも広まっているし、吟遊詩人が彼女を称える歌をいっぱい作ってるわ」

十二英雄のシルフィールか。

　十二英雄はＳランク冒険者の中で最強と言われている十二人の人族のことだ。彼らは災害クラスのモンスターや魔族の軍隊と戦い、多くの人々を救ってきた。その功績から、彼らを十二英雄と呼ぶようになった。その実力は武装した兵士千人分と言われている。

「そして、もう一つの団は……」

　アルミーネは視線を僕に向けた。

「聖剣の団よ」

「えっ？　聖剣の団？」

　思わず、僕はイスから立ち上がった。

「リーダーのキルサスは参加しないみたいだけどね」

「そう……なんだ」

　僕の脳裏に聖剣の団の冒険者たちの姿が浮かび上がる。

　聖剣の団には八十人以上の団員がいる。今回の仕事は危険度が高そうだし、ＡランクやＢランクの団員が参加するのかもしれない。

「それにしても、どうして僕たちが冒険者ギルドから依頼されたの？　僕たちだけ、団じゃなくてパーティーなんだけど？」

「予算の問題よ」

　アルミーネが答えた。

「月光の団と聖剣の団に依頼して、少しだけ予算が余った。ならば、Ａランクがいるパーティーにも依頼して、救出の確率を少しでも上げようって思ったみたい」

「つまり、俺たちはおまけってことか」

　キナコがため息をついた。

「あまり期待されてなさそうだな」

「そうね。でも、ここで私たちが活躍すれば名声を上げることができる。当然、依頼も増えるし、報酬も高くなる。そうなれば貴重なレア素材を揃えることができて、私の魔法が強力になる。みんなのサポートも今以上にやれるようになるよ」

「それは悪くないな」

「ええ。六魔星ゼルディアと戦う時にもね」

「……ゼルディアと戦う時か」

　キナコの金色の瞳の瞳孔が縦に細くなった。

「じゃあ、ピルンにも連絡しておくね。出発は二日後だから」

　アルミーネは僕のベルトにはめ込まれた黄土色のプレートを指さした。

「しっかり準備しててね。Ｅランクになったヤクモくん」

「うん。今のうちに、いろんなタイプの紙をストックしておくよ」

　僕は唇を強く結んで、右手で胸元のポケットに触れた。

◇◇◇

タンサの町の大通りにある四階建ての建物の一室で、聖剣の団のリーダー、キルサスが幹部のエレナと話をしていた。

エレナは二十代半ばのエルフでＡランクの魔道師だった。髪は金色でダークグリーンのローブを身につけている。

「……じゃあ、調査団の救出の依頼は、このメンバーにやらせることにするわ」

エレナは団員の名前が書かれた紙をキルサスに渡す。

「パーティーのリーダーはこの前入団してくれたガルディでいいよね？」

「ああ。彼には高い給料を払っているからな。しっかりと働いてもらわないと」

そう言って、キルサスは金色の髪をかきあげた。

「強い団員が増えたのはいいが、人件費が高くなるのが難点だな」

「そりゃしょうがないでしょ。ガルディはＡランクなんだし」

エレナは肩をすくめる。

「私の給料が払えないなんて、言わないでよ。こうやって、裏方の仕事もやってるんだから」

「大丈夫だ。仕事の依頼は増えたし、新人を一人追放したからな」

「えっ？　追放って誰を？」

「紙使いのヤクモだ」

「ヤクモ……」

エレナは首をかしげた。

「どうして、ヤクモを追放したの？　新人の四人の中で一番ましに思えたけど」

「んっ？　何を言ってる？」

キルサスは整った眉を眉間に寄せる。

「ヤクモはユニークスキルを持っているが、それは紙を操るだけで、効果はたいしたものではなかった。それに比べて、アルベル、ダズル、カミラは複数の戦闘スキル持ちだ。将来性を考えても、追放するのなら、ヤクモだろう」

「あーっ、そっか。あなた、新人たちとパーティーを組んでなかったわね」

「何か問題があるのか？」

「私は一度、彼らとパーティーを組んで、モンスター退治の仕事をやったからわかるの。ヤクモが一番使えたなって」

エレナは尖った耳に触れながら、言葉を続ける。

「ヤクモは戦況を見て戦ってたからね。ピンチの仲間がいたら、しっかりサポートしてたし。紙を具現化する能力も役に立ってたと思うよ。基礎魔力を増やす訓練をすれば、もっと強くなるんじゃないかな」

「……ふっ、君は美しくて強い女性だが、人を見る目はないようだ」

　キルサスが微笑した。

「仮にヤクモの基礎魔力が増えたとしても、奴は紙を具現化することしかできない。強力な攻撃魔法が使えるわけでもないし、防御魔法も使えないんだ」

　キルサスは持っていた紙をひらひらと動かす。

「具現化できる紙の量が増えたとしても、それに何の意味がある？　紙は斬れるし、燃えるし、一瞬の時間稼ぎにしかならない」

「その一瞬が大事だと思うけど？」

　エレナはキルサスが動かしている紙を人差し指で突く。

「戦闘中に一瞬でも敵の動きを止められれば有利に戦えるわ。特にヤクモの能力は珍しいから、相手の意表をつけるし」

「ふーん、君がそこまでヤクモを買っているとは思わなかったな」

「彼は真面目で努力を惜しまないタイプだったから、将来性にも期待できるかなって」

「そこが間違っているんだよ」

　キルサスは右手の人差し指を立てて、それを左右に動かした。

「使えないスキルしか持っていないヤクモに将来性などない。最大限の努力をしても、Ｄランクまでだろう」

「アルベルたちとは違うってこと？」

「そうだな。アルベルたちなら、これからの訓練次第でＢランク以上になれると僕は予想している。ならば、追放する者はヤクモで間違いない」

「……ふーん。間違いない……ねぇ」

エレナは、ふっと息を吐き出す。

「まあ、アルベルたちも、この前、Ｅランクの昇級試験に問題なく受かったみたいだし、あなたの判断が間違ってるというわけでもなさそうね。特にアルベルは、二番目にいい成績を出したみたいよ」

「ほぉ、二番目だったのか」

「ええ。冒険者ギルドの職員が教えてくれたわ」

「どうせなら、一番になってもらいたかったが、試験には運もあるだろうからな」

キルサスは口角を吊り上げた。

「まあ、彼らがＢランク以上になった時、僕の判断が正しかったと、君も認めることになるだろうね」

「……そうね」

数秒間の沈黙の後、エレナはうなずいた。

——アルベルたちは弱いわけじゃない。キルサスの言う通り、Ｂランク以上になる可能性は十分にあるだろう。だけど……ヤクモがそれ以上に強くなる可能性もあるんじゃないかな？

「追放した役立たずの話はもういいだろう」

キルサスはエレナの白い腕に触れた。

「エレナ、今夜は僕と食事をしないか？　馴染みの店に、いい黄金牛の肉が入ったらしいんだ。シェフが言うには極上の味らしい。その味を美しい君といっしょに味わいたくなってね」

「……止めておくわ。人間のあなたと恋仲になっても、むなしいだけだし。どうせ、百年も経たずに死んじゃうから」

　エレナは金色の髪をなびかせて、部屋から出ていった。

「……ふん。相変わらず、ガードが固いな」

　キルサスはカチリと歯を鳴らした。

――まあいい。エレナも僕が英雄になれば、考えが変わるだろう。いや、その時は、あんなエルフより、もっといい女が寄ってくるか。

　そう言うと、キルサスは笑みの形をした唇を舐めた。

◇　◇　◇

　二日後の朝、僕たちのパーティーは調達した馬車でタンサの町を出発した。

　馬車は緩やかな丘が連なる草原を進み、やがて森の中に入っていく。

　この道は西の森にあるエジン村に続いていて、その先は歩いてダンジョンに向かうらしい。

　ガタガタと音がして、体が上下に揺れる。

　馬車は速くて楽だけど、長く乗ってると腰に痛みが出るんだよな。

途中で休憩をしながら舗装されていない道を進み、僕たちはエジン村に到着した。

そこの宿屋で一泊し、翌朝、徒歩で深い森の中を進む。

何度かモンスターに遭遇したが、僕が戦うことはなかった。全てピルンが倒してくれたのだ。

ピルンは狂戦士だから、攻撃力が高い。硬い皮膚を持っているモンスターも一撃で倒すことができる。まだ、Ｄランクだけど、実力はＢランクに近いレベルじゃないかな。

アルミーネも素材を使用すれば強力な魔法が使えるし、キナコは人族よりも圧倒的に強い魔族を何十体も倒している。

僕は恵まれているな。こんな強い仲間とパーティーを組めて。


次の日の午後、僕たちは目的地に到着した。

そこは周辺の草木が刈り取られていて、崖下の穴の側に黄土色のテントがいくつも立てられていた。テントの近くには数十人の男女がいて、食事の準備をしている。

僕たちの姿に気づいて、二十代半ばの男が近づいてきた。

「アルミーネさんのパーティーですね？　私は冒険者ギルドの職員のフランクです。依頼を受けていただき、感謝します」

フランクは丁寧に頭を下げた。

「おまけみたいなものだけどね」

アルミーネは舌を出して、周囲を見回す。

「で、月光の団と聖剣の団は？」

「もう、ダンジョンの中に入っています。月光の団は二十八人、聖剣の団は三十人、どちらもメインのパーティーは四人で、残りがそれをサポートする団員のようです」

「八人の実力ある冒険者がいるってことね」

「ええ。その八人はＣランクが三人、Ｂランクが三人、Ａランクが一人、そしてＳランクが一人ですから」

「どっちも気合入ってるね。それだけ、状況はよくないのかな？」

「そう……ですね」

　フランクの眉間にしわが寄った。

「調査団が行方不明になってから、もう二十日以上過ぎています。最初に救出を依頼したパーティーも中層に危険なモンスターが多数いるのを確認して撤退しましたし」

「危険なモンスターとは何だ？」

　キナコがフランクに質問した。

「魔鋼蜘蛛です」

「魔鋼蜘蛛か。たしかにあれは危険だな。すぐに増えるし、女王蜘蛛は背丈が三メートルを超えるものもいる」

「はい。体も硬く魔法耐性もあるので、魔鋼蜘蛛の群れに全滅させられたパーティーも多いです」

「調査団も魔鋼蜘蛛にやられたのではないか？」

「その可能性もありますが、全滅ではないようです。調査団の数人は魔道具の『生命の指輪』を装備しています。対になる『生命の水晶』に彼らがまだ生きている光が灯っていますから」

「なるほどな」

キナコは視線をダンジョンの入り口に向ける。

「ならば、俺たちも急いで動いたほうがいいか」

「はい。よろしくお願いします」

フランクと周囲にいた職員たちが、僕たちに向かって同時に頭を下げた。


ダンジョンに入ると、周囲の空気が一気に冷たくなった。

緩やかな斜面の先には広がった空間があり、そこに多くの木箱が積まれている。多分、調査団が置いたものだろう。その先は通路が二つに分かれている。

通路の前でアルミーネが腕を組む。

「うーん。どっちに行く？」

「ピルンにまかせるのだ！」

ピルンはマジカルハンマーを取り出し、地面に立てる。ゆらりとマジカルハンマーが傾いて倒れた。

マジカルハンマーの頭が右側にあるのを見て、ピルンは右の穴を指さす。

「こっちなのだ。こっちに行けば調査団がいるのだ」

「そんなので決めていいんだ？」

僕は首をかしげる。

「何の根拠もない決め方だと思うけど？」

「ふっふっふっ、ヤクモはわかってないな。このやり方でピルンは宝箱を見つけてるのだ」

ピルンは自慢げに胸を張る。

「戦闘だけじゃなくて、探索能力もあるピルンのすごさに恐れおののくのだ」

「で、宝箱は何個見つけたの？」

「十回試して、一個見つけたのだ」

「運よく見つけただけじゃないか！」

僕はピルンに突っ込みを入れた。

一瞬、スキルの能力かと思ってしまった。

「まあ、探索能力はわからないけど、ピルンがすごいのは認めるよ。狂戦士で【防御力強化】の戦闘スキルも持っているし」

「ピルンはＳランクになれる逸材だからな」

「そういや、どうしてピルンはＳランクを目指してるの？」

「リムシェラと約束したのだ。ピルンもＳランクになって、いっしょに魔王ゼズズを倒すって」

「ん？　リムシェラってＳランク冒険者のリムシェラ？」

僕はピルンに質問した。

「ヤクモはリムシェラを知っているのか？」

「そりゃ知ってるよ。リムシェラは十二英雄の一人だし」

「そうなのだ！　リムシェラは六魔星ガルラードを倒して、ニン国を救ったからな。同郷の誇りなのだ」

「へーっ、同郷だったんだ」

「ミファ村出身なのだ。そこでピルンはリムシェラに冒険者の心得を教えてもらったのだ」

ピルンは両手を腰に当てて、にっと尖った歯を見せる。

「リムシェラはピルンに言ったのだ。『ピルンがSランクになったら、いっしょに魔王ゼズを倒そう』って」

「それで、前に『魔王を倒す』って言ってたんだね」

「そうなのだ。ピルンとリムシェラが世界を救ってみせるのだ！」

「世界を救う……か」

僕はピルンを見つめた。

魔王を倒して世界を救うなんて、僕は考えたこともなかった。

ピルンは僕より年下で突っ込み所のある言動も多いけど、仲間として尊敬できるな。


五時間後、狭い通路を抜けると、僕の視界が広がった。

その場所は天井が高く、発光する白い石が壁に埋まっていて、全体を淡く照らしている。

僕は視線を落として、調査団の痕跡がないか調べる。

人族の足跡は……ないか。となると、こっちのルートは外れかもしれない。

その時――。

小石が転がるような音がして、頭上から何かが落ちてきた。

それは背丈が一メートル前後、赤黒い体で八本の脚が生えていた。八つの目は赤く輝いていて、黒い牙は鋭く尖っている。

「魔鋼蜘蛛だ！」

キナコが叫んだ。

「こいつらは群れで行動する。他にも……」

キナコが言い終える前に数十体の魔鋼蜘蛛が岩陰から姿を現す。

「キシャアア」

魔鋼蜘蛛が僕の隣にいたアルミーネに飛び掛かった。

「『氷結盾』！」

僕は魔法のポケットに入れていた水属性の効果を付与した紙を重ね合わせて盾を作る。

魔鋼蜘蛛が氷結盾に接触すると同時に、その脚が凍りついた。魔鋼蜘蛛はバランスを崩して、背中から地面に落ちる。すぐに起き上がろうとするが、脚が凍りついているせいで動きが鈍い。

「ありがとう、ヤクモくん！」

アルミーネが僕の背後に移動した。

「なるべく素材は温存したいの。ここは三人で戦ってくれる？」

「まかせておくのだ！」

僕の代わりにピルンが答えた。

ピルンはマジカルハンマーで右側にいた魔鋼蜘蛛を叩く。金属同士がぶつかる音がして、魔鋼蜘蛛が真横に飛ばされた。

ピルンは狂戦士モードじゃない時でも並の戦士以上の攻撃力がある。これなら、僕も攻められるぞ。

僕は正面にいた魔鋼蜘蛛に突っ込む。魔鋼蜘蛛は八本の脚を曲げて飛び上がり、下半身から白い糸を出す。その糸が僕の肩と腕に絡みついた。

僕は魔喰いの短剣に魔力を注ぎ込む。青白い刃が長く伸び、その刃で糸を斬る。そのまま、魔鋼蜘蛛に駆け寄り、魔喰いの短剣を振り下ろした。

キンと金属を叩いたような音がして、魔鋼蜘蛛の額に傷がつく。

んっ？　予想以上に硬い。それなら、魔力を増やして……。

魔喰いの短剣の刃がノコギリのように細かい刻み目がついた。

僕は片膝をついて、魔喰いの短剣を真横に振る。魔鋼蜘蛛の脚が関節部分から斬れる。

よし！　この刃で関節部分を狙えば、楽に斬れる。

視線を動かすと、キナコが三体の魔鋼蜘蛛を倒していた。

さすが、Ａランクのキナコだな。これだけ硬い魔鋼蜘蛛でも余裕で倒している。

僕にはキナコみたいなパワーもスピードもない。でも、僕だけができる戦い方がある！

粘着性のある紙をひも状にして……。

僕は脳内で魔式をイメージする。

「『粘着網』！」

左方向から迫る魔鋼蜘蛛たちの粘着性のある紙の網が具現化する。

魔鋼蜘蛛たちは粘着網に捕らえられ、その動きが制限される。

粘着網の具現化時間は約一分だ。でも、それだけあれば問題ない。その間に他の魔鋼蜘蛛をみんなで倒す！

僕は飛び掛かってきた魔鋼蜘蛛に向かって魔喰いの短剣を振った。


数分後、動いている魔鋼蜘蛛はいなくなった。

どうやら、全部倒せたみたいだな。

僕は呼吸を整えながら、視線を動かす。

予定通り、アルミーネの魔法を温存できた。僕の基礎魔力も７００万マナ以上残ってる。キナコとの訓練のおかげで白兵戦のレベルも上がっているみたいだ。

「また、新しい技か」

キナコが僕の腰を肉球で叩く。

「敵を凍りつかせる効果がある盾に粘着性のある網とは。なかなか使える技だな」

「うん。研究してた紙で魔法のポケットにストックしてたんだ。上手くいってよかったよ」

僕は魔鋼蜘蛛の死体を見回す。

どっちも予想以上に戦闘で役立ちそうだ。ストックを増やしておいてもいいな。

その時――。

コンと小石を弾くような音が背後から聞こえた。

振り返ると、そこには四人の男たちが立っている。

あの人たちは……。

「んっ？　ヤクモじゃないか」

魔法の鎧と盾を装備した大柄の男がヤクモを指さした。

「アドルさん」

僕は男の名を口にする。

アドルは聖剣の団の団員でBランクの冒険者だ。隣にいる二人は……Cランクのウーゴとラモンだな。で、その後ろにいるのは……誰だろう？　知らない顔だ。

その男は二十代半ばぐらいの見た目で、頭部に狼の耳を生やしていた。髪の毛は赤く、牙のような八重歯がある。服はダークブルーでベルトには銀色のプレートがはめ込まれていた。

銀色のプレートってことはAランクだな。もしかして、この人が僕の代わりに入団したガルディか？

ガルディは前にいたアドルの肩を叩いた。

「お前の知り合いか？」

「ヤクモは俺たちの団にいた新人ですよ。キルサスさんに追放されちまったけど」

「……あーっ、こいつが紙使いのヤクモか」

ガルディの視線が僕に向いた。

「今回の仕事にパーティーも参加してるとは聞いてたが、まさか、雑魚スキルしか持ってない役立たずがいるパーティーとはな。冒険者ギルドも何を考えているんだか」

その言葉を聞いて、胸の奥に針が刺さったような痛みを感じた。

「まあいい。お前たちは、このへんで弱いモンスターでも倒してろ。調査団の救出は俺たちがやってやる」

「それは楽でいいが……」

僕の隣にいたキナコが口を開いた。

「見る目がないお前たちだけでは無理だろう」

「あぁ？　弱い猫人族のくせに舐めた口を……んっ？」

ガルディは鋭い視線をキナコに向ける。

「お前……魔族殺しのキナコか？」

「俺を知ってるようだな」

「……ああ。お前は最強の猫人族と言われてるからな」

ガルディはアドルを押しのけて前に出た。

「で、見る目がないって、どういう意味だ？」

「お前たちはヤクモを役立たずと思って追放した団だからな。大金貨を海に投げ捨てるような奴らだ」

「……あぁ、何を言ってる？」

ガルディは赤い眉を眉間に寄せる。

「追放された新人は紙を具現化できる能力しかない役立たずだったと聞いてるぞ」

「あ、ああ」

アドルがうなずいた。

「ヤクモは攻撃魔法も防御魔法も使えないし、白兵戦が得意なわけでもない。それに戦闘スキルも持ってないしな。だから、キルサスさんが追放したんだ。一番使えない新人ってことで」

「何だ。やっぱり役立たずじゃねぇか」

ガルディは片方の唇の端を吊り上げた。

「使えない新人をパーティーに入れたお前こそ、目が節穴だぞ」

「ヤクモくんをパーティーに入れたのは私だよ」

アルミーネが言った。

「ちょうどよかった。あなたたちが聖剣の団なら、リーダーに伝えてもらいたいことがあるの」

「ん？　何だ？」

「ヤクモくんを追放してくれて、ありがとうって。おかげで、私のパーティーは強い仲間を手に入れることができたよ」

「……ほーっ、お前がリーダーなのか」

ガルディは値踏みするような目でアルミーネを見つめる。

「Cランクの冒険者のようだな」

「うん。それと錬金術師の上級の資格も持ってるよ」

「なるほど……な。だから、わかってないのか」

「わかってない？」

「ああ。お前は相手の実力を測る力がない。だから、ヤクモを使える冒険者だと勘違いしたんだ」

ガルディはちらりと僕を見る。

「ユニークスキルを持ってる奴は誰でも強いと思ったんだろうが、使えない能力じゃ、意味がないんだよ」

「ふーん。あなたはヤクモくんの能力を見たことがないみたいだけど、使えないって決めつけるんだ？」

「紙を出すだけの能力なんて見る必要などないからな」

「……そっか。あなたはAランクみたいだけど、団やパーティーのリーダーには向いてなさそうだね」

アルミーネの言葉にガルディの頭部の耳がぴくりと動く。

「お前、Cランクのくせに俺にケンカを売ってるのか？」

「思ったことを言っただけだよ」

アルミーネはガルディの鋭い視線を平然と受け止める。

「相手の実力を測る力がないのは、あなただと思うよ」

「……」

ガルディが無言になり、その場が静まり返った。

数秒後、針のように目を細くしたガルディが口を開いた。

「お前……名前は？」

「アルミーネ。見る目のあるパーティーリーダーだよ」

「アルミーネか。お前に圧倒的な力を見せてやるよ」

ガルディは右手の人差し指を立てて、呪文を唱える。

指の先に黒い球体が具現化し、その球体がどんどん大きくなる。

球体の直径が一メートルを超えると同時に、ガルディは指を動かした。

僕たちに向かって動き出す。

ま、まさか？

身構えた僕たちの前で黒い球体は軌道を変え、魔鋼蜘蛛の死体に当たった。爆発音がして、魔鋼蜘蛛の硬い体が四散する。

「これが強者の力だ！」

ガルディは唇の両端を吊り上げる。

「お前たちが倒した魔鋼蜘蛛の群れなど、俺の魔法なら、一発で消せる」

「そんなことを証明するために、魔鋼蜘蛛の死体をバラバラにしたの？」

アルミーネが呆れた顔で頭をかいた。

「基礎魔力の無駄遣いだよ」

「これぐらいたいしたことねぇよ。俺は【魔力強化】のスキルを持ってるからな。基礎魔力の量が10万マナ以上あるのさ」

「へーっ、【魔力強化】か。いいスキル持ってるね」

「他にも二つの戦闘スキルを持ってるぜ」

ガルディは右手の指を三本立てた。

「上に立つには強さこそが重要なんだよ」

ガルディがこぶしを握り締めた。

「強いからこそ相手の実力もわかる。こいつが弱いことは俺も見ただけでわかったぜ」

ガルディの人差し指が僕に向けられた。

「そんな奴が入ってるパーティーは二流……いや、三流ってことだ」

「どうやら、意見が分かれたみたいだね」

アルミーネが頭をかいた。

「まっ、どっちが正しいのかは、そのうちわかるでしょ」

「……ふん。すぐに自分の間違いに気づくことになるぞ」

「あなたがね」

「ちっ！　自分が言った言葉を忘れるなよ」

そう言うと、ガルディは僕たちに背を向けて歩き出す。聖剣の団の団員たちが慌てた様子でガルディを追いかけていった。

アルミーネは頭をかきながら、ふっと息を吐く。

「これじゃあ、聖剣の団と協力するのは無理そうね」

「アルミーネ」

僕はアルミーネに声をかけた。

「ありがとう。僕をかばってくれて」

「事実を言っただけだよ」

アルミーネは肩をすくめる。

「すぐにあのAランクも気づくと思うよ。ヤクモくんの強さにね」

「うーん。強さか……」

「ん？　どうしたの？　変な顔して」

「いや。僕も少しは強くなったと思うけど、まだEランクだからなぁ。模擬戦でもキナコに全然勝てないし」

「当たり前だ」

キナコが僕のおしりを肉球で叩く。

「お前は【紙使い】のスキルを封印して戦ってるじゃないか。単純な白兵戦でAランクの格闘家に勝てるわけがない。だが……」

キナコはじっと顔を見つめる。

「お前は経験不足なところがあるが、瞬時の判断が速いからな。それに相手の攻撃を読むのも上手い。スキルの力を使わなくても、ほどほど以上に戦えると思うぞ」

「ほどほど以上か……」

僕は口元に指を当てて考え込む。

頭を打ってから戦闘時の思考が速くなって、相手の動きに対応できることが増えた。思考に体がついていけるようになったのは、キナコとの訓練のおかげもあるだろうな。

でも、まだまだだ。もっと強くなってパーティーの役に立たないと。

僕は両手のこぶしを握り締めた。

◇◇◇

その後、僕たちはモンスターを倒しながら、ダンジョンの探索を続けた。

あちこちに調査団の痕跡はあったが、彼らを見つけることはできなかった。

「むむむっ！　ここも行き止まりなのだ」

ピルンが半円状の壁の前で頬を膨らませた。

「さっきから、行き止まりばかりなのだ。調査団の人たちはどこにいるのだ？」

「うーん。ここも違ったかぁ」

アルミーネが頭をかいた。

「調査団の痕跡から考えると、こっち側にいる可能性が高いと思ったのに」

「そうだな」

キナコが地面に顔を近づけて、鼻をひくひくと動かす。

「古い乾パンの粉が落ちている。ここに調査団がいたのは間違いなさそうだが……」

「行き止まりだから戻ったのか……それとも……」

アルミーネは半円状の壁に近づき、右手で触れる。

「あ……この壁……少し気になるなぁ」

「んっ？　何が気になるの？」

僕はアルミーネに質問した。

「うん。今までの壁と違って、微量の魔力が感じられるの。これは何かの仕掛けがあるみたい」

アルミーネは魔法のポーチから魔法文字が刻まれたカードを取り出した。そのカードには円形の穴が二つ開いていて、下部にガラス板のようなものがはめ込まれている。

どうやらアルミーネが作った魔道具のようだ。

「さて……と……」

アルミーネはカードを顔に近づけ、開いた穴から壁を見つめる。

「んーっ、ここは違うか。じゃあ……こっちかな」

数分後、彼女の足が止まった。

「ここか……」

アルミーネが人差し指で壁に触れると、金属同士がぶつかり合うような音が聞こえた。

そして壁の一部が左右に開き、細い通路が現れた。

「こんな場所に隠し通路があったのか……」

僕は真っ直ぐに延びた薄暗い通路を覗き込む。

普通の冒険者なら、この隠し通路を見つけるのは難しいだろう。だけど、調査団なら、見つけて先に進んだ可能性は……あるか。

ひんやりとした空気が引き締まった僕の顔に当たった。


薄暗い通路は僅かに傾斜していて、右に弧を描くように曲がっていた。

その通路を僕たちはピルンを先頭にして進んだ。

十分以上進むと、金属製の扉があった。その扉をピルンが開くと、一気に視界が広がった。

そこには黄土色の建物が並ぶ町があった。

「ここは……」

僕は口を半開きにしたまま、町を見回す。

町の建物は立方体を積み重ねたような形をしていて、多くが半壊していた。天井は高く、百メートル以上はあるだろう。その天井がぼんやりと輝いていて、静まり返った町を照らしている。

「これは地下都市の遺跡みたいね」

アルミーネが口を開く。

「多分、この建物の形はポルタ文明かな」

「ポルタ文明って、五百年以上前に栄えた文明だっけ？」

僕の質問にアルミーネがうなずく。

「邪神ドールズの復活を危惧して、当時の王が多くの地下都市を作ったんだよね。そこには財宝が隠されてるってウワサもあるよ」

「財宝があるのかっ！」

ピルンの紫色の瞳が輝いた。

「これでピルンも家が買えるのだ」

「いや、私たちは雇われてこのダンジョンに入ってるから、財宝があったとしても自分たちのものにはならないよ。少しは追加の報酬をもらえるだろうけど」

アルミーネが言った。

「まっ、今は財宝よりも調査団を見つけないとね」

その時、遠くからパンと爆発音が聞こえ、青色の煙が上がった。

あの煙は……救援用の煙玉を使ったのか。誰かが助けを求めてるんだ。

僕たちは同時に動いた。斜面を駆け下り、煙の上がっている方向に走る。

半壊した建物を曲がると、ウサギの耳を頭部に生やした亜人が八体の骸骨兵士に囲まれていた。

骸骨兵士は額に赤い宝石が埋め込まれていて、黒い鎧を装備している。

あの亜人……昇級試験の時に白銀狼と戦っていたミルファだ。どうして、こんな場所に……って、そんなことを考えてる場合じゃないっ！

僕たちの接近に骸骨兵士が気づいた。

骸骨兵士は白い歯をカチカチと鳴らしながら、両手に握った曲刀を同時に振り下ろした。

僕は左右に魔防壁を展開して、その攻撃を止める。

そして、魔喰いの短剣で骸骨兵士の顔を突いた。

青白い刃が骸骨兵士の下顎を砕き、白い歯がボロボロと地面に落ちる。

しかし、骸骨兵士の動きは止まらなかった。予想以上の速さで僕の側面に回り込み、曲刀の攻撃を続ける。

僕は紙の壁を出して、骸骨兵士から距離を取る。

この骸骨兵士たちは普通の個体とは違う。力が強いし、スピードもある。額の宝石で強化してるのか？

それなら――。

僕は魔喰いの短剣に注ぎ込む魔力を増やした。青白い刃が一メートル以上長く伸びる。

「カッ……カカッ」

骸骨兵士が大きく口を開いて、曲刀を斜めに振り下ろした。その攻撃を、頭を低くしてかわし、魔喰いの短剣で骸骨兵士の足の骨を斬った。

骸骨兵士の体がぐらりと傾く。

「あとはまかせるのだーっ！」

ピルンがマジカルハンマーで骸骨兵士の頭部を叩いた。赤い宝石が割れ、頭部がなくなった骸骨兵士がバタバタと手足を動かして横倒しになる。

「ありがとう、ピルン！」

僕はピルンに礼を言って、ミルファに走り寄る。

ミルファが僕に気づいた。

「あ、あなた……昇級試験の時の……ヤクモくん？」

「話は後で！」

僕は突っ込んできた骸骨兵士の前に紙の壁を出した。骸骨兵士が紙の壁にぶつかり、片膝をつく。そこにキナコが駆け寄り、骸骨兵士の頭部を肉球で叩いた。陶器が割れるような音がして、骸骨兵士の頭部が粉々になる。

「ミルファ！　まずは敵を全員倒そう！」

「わっ、わかった！」

僕とミルファは正面にいた骸骨兵士に攻撃を仕掛けた。

数分後、僕たちは全ての骸骨兵士を倒した。

額に浮かんだ汗をぬぐいながら、僕はミルファに声をかけた。

「大丈夫？　ケガはない？」

「う、うん。平気」

ミルファは深く息を吐き出した後、視線を僕と合わせる。

「また、あなたに助けられたわね。ありがとう」

「そんなことより、どうして、君がこんなところにいるの？」

「私、月光の団の団員で、地下都市で調査団を捜してたの。その時に、こいつらに襲われて」

「月光の団だったんだ？」

「あなたは聖剣の団？」

「いや、おまけで参加しているパーティーのメンバーだよ。リーダーが錬金術師の」

僕は骸骨兵士の死体を調べているアルミーネを指さす。

「君一人で行動してたの？」

「ううん。三人で調査団の痕跡を探してたの。その時、骸骨兵士に襲われてバラバラになっちゃって」

「危なかったわね。この骸骨兵士……普通じゃないから」

アルミーネが割れた赤い宝石の欠片を手に取る。

「パワーとスピードをこの宝石で強化してるみたい。武器と防具も特別製ね」

「誰かが強化したってこと？」

僕はアルミーネに尋ねた。

「その可能性は高いかな」

「ならば、魔族だろう」

キナコが低い声を出した。

「魔族は特別な秘術を使ってモンスターを改造することがあるからな。骸骨兵士の曲刀も魔族の武器と特徴が似ている」

そう言って、キナコは落ちていた曲刀に視線を向ける。

魔族という言葉を聞いて、僕の体温が下がった気がした。

もし、調査団の事件に魔族が関わっているのなら、この依頼、予想以上に危険かもしれない。

強い魔族はＳランクでも倒すのが難しいと聞くし。

「気をつけたほうがよさそう」

そう言って、アルミーネは町を見回した。

「とりあえず、遠話の魔道具で地上にいるフランクさんに伝えておくよ。そうすれば、他の団にも情報が伝わると思うし」

その時、建物の陰から骸骨兵士が現れた。

骸骨兵士は近くにいたミルファに背後から襲い掛かる。

まずいっ！　紙の壁を具現化して……。

そう思った瞬間、青白く輝く球体が骸骨兵士の側頭部に当たった。ガラスが割れるような音とともに骸骨兵士の頭部が砕ける。

頭部のなくなった骸骨兵士の体がゆっくりと傾いて倒れた。

今のは光属性の攻撃魔法か。一体誰が……。

視線を動かすと、数十メートル先に見た目が十二歳ぐらいの少女が立っていた。

あの子が魔法を使ったのか。

少女は長い銀色の髪をツインテールにしていて、左右の耳がぴんと尖っていた。服は水色で金の刺繍がしてあり、茶色のベルトにはＳランクの証である金色のプレートがはめ込まれている。

「シルフィール様！」

ミルファが銀髪の少女……シルフィールに駆け寄った。

「私を捜しにきてくれたのですか？」

「当たり前でしょ。あなたは月光の団の団員なんだから」

シルフィールはミルファの腕に触れながら、視線を僕たちに向ける。

「ユーリたちと戦っていた骸骨兵士も全部倒したから」

「よかった。ユーリたちも助かったんですね」

「で、あなたたちは？」

シルフィールは視線を僕に向ける。

「私を助けてくれたパーティーです」

ミルファが答えた。

「……ふーん。助けられたんだ」

「それなら、礼は言っとかないとね。感謝しておくから」

シルフィールは僕に歩み寄った。

「私はシルフィール。月光の団のリーダーでSランクの魔法戦士よ。そしてゲム大陸に十二人いる英雄の一人。知ってると思うけど」

「はい。あなたを知らない冒険者はいないと思います。あなたの似顔絵はいろんなところに飾ってあるし」

僕はシルフィールを見つめる。

銀髪は月のように淡く輝いていて、肌は透き通るように白い。瞳は濃い緑色で貴族の女の子が持っている高級な人形のような美しさがある。

ハイエルフは美形が多いからな。しかも長寿で老化しないし。

「で、あなたたち、パーティーってことは、サポートメンバーはいないのよね？」

シルフィールは周囲を見回す。

「はい。僕たちは四人だけです」

「なら、これを渡しておくから」

シルフィールは直径三センチの立方体を僕に渡した。

「危険な目に遭ったら、それで私に連絡しなさい。一度だけ、あなたたちを助けてあげる」

「一度だけですか？」

「そう。ミルファを助けてくれたから。私は義理堅いの」

シルフィールは薄い胸を張った。

「まっ、気をつけることね。この事件、魔族が関わってるから」

「やっぱり、そうなんですね」

「やっぱりってことは気づいてたの？」

「はい」と僕の後ろにいたアルミーネが答えた。

「骸骨兵士が強化されてたから、その可能性はあるかなって話してたんです」

「そこまでわかってるのなら、上の階層に戻ったほうがいいんじゃない？　私が魔族を倒すまではね」

「いや。魔族は俺が倒す」

アルミーネの背後にいたキナコが口を開いた。

キナコの姿を見て、シルフィールの銀色の眉がぴくりと動く。

「魔族殺しのキナコか」

シルフィールは僕たちを見回す。

「変なパーティーね。あなたたちなら、もっとランクの高い仲間を集められるんじゃないの？」

「俺はこのパーティーのリーダーじゃない。リーダーは錬金術師のアルミーネだ」

キナコは白い爪でアルミーネを指さした。

「それと、俺の仲間をランクで判断しないほうがいいぞ。将来のSランクがいるかもしれないからな」

「……言うじゃない」

シルフィールは片方の唇の端を吊り上げた。

「とにかく、私たちの邪魔だけはしないで。行くよ、ミルファ」

「は、はい」

シルフィールとミルファは僕たちに背を向けて、去っていった。


あれが十二英雄のシルフィールか……。

見た目は強そうに見えないけど、彼女は白兵戦の腕前が超一流で、六属性全ての魔法が使える。災害クラスのモンスターを何体も倒していたはずだ。

「さすが、Sランクはオーラが違うね」

アルミーネが肩をすくめる。

「彼女がいてくれたら、魔族はなんとかなるかな」

「シルフィールを当てにする必要はない。魔族は俺が倒してやる」

キナコが白く尖った牙を鳴らす。

「まあまあ」

アルミーネがキナコの頭部の耳に触れた。

「今回の仕事は魔族を倒すことが目的じゃないから。まずは調査団の人たちを捜さないとね」

「ふん。わかっている。だから、耳を触るのを止めろ」

「ごめん、ごめん。でも、キナコの耳はふわふわで触り心地がいいからさぁ」

アルミーネは謝りながらもキナコの耳を触ることを止めない。

「次からは耳じゃなくて、肉球にするから」

「肉球はもっとダメだ！」

キナコは不機嫌そうな顔でアルミーネの手を払いのける。

「で、調査団はどこらへんにいるのだ？」

ピルンがかかとを上げて、地下都市を見回す。

「この町は広すぎるのだ。端が見えないし、建物もいっぱいあるのだ」

「それでもやるしかないでしょ」

アルミーネが頭をかいた。

「調査団の人たちを少しでも早く見つけてあげたいしね」

「そうだね」

僕は骸骨兵士の死体を見つめる。

強化された骸骨兵士が他にもいる可能性があるから、個別に動くのは難しい。これは時間がかかりそうだな。

◇◇◇

地下都市の東側にある広場で、聖剣の団のガルディたちが数十体の骸骨兵士と戦っていた。

「ガルディさん！」

Bランクのアドルがガルディに駆け寄った。

「サポートメンバーの二人がやられた。この骸骨兵士、普通じゃない」

「ちっ！　この程度のモンスターでやられるのか」

ガルディは舌打ちをして、赤い刃の短剣を振った。近くにいた骸骨兵士の頭部が切断され、胴体が横倒しになる。

「サポートメンバーを二つに分けて、ウーゴとラモンに指揮させろ！」

そう言いながら、ガルディは呪文を唱えた。

黒い球体が具現化し、それがどんどん大きくなる。

「食らえ！　『闇魔球』！」

ガルディが左手を動かすと、その動きに合わせて黒い球体が骸骨兵士にぶつかった。

爆発音がして、骸骨兵士の骨が四散する。

「全員まとめてかかってこい！　Aランクの魔法戦士の力を見せてやる！」

ガルディは次々と黒い球体を具現化し、近づいてくる骸骨兵士を倒し続ける。

数分後、全ての骸骨兵士を倒したガルディは、他の団員と合流した。

「やられたのは、五人です」

アドルがガルディに報告した。

「ヘンリクとタルストと……」

「死んだ奴の名前なんてどうでもいい！　他は問題ないんだな？」

「は、はい。ケガ人はいましたが、回復薬を使いましたから」

「……はぁ。俺が指揮してる時に死にやがって。評価が落ちるじゃねぇか」

ガルディは足元に倒れている骸骨兵士の死体を蹴った。

――くそっ！　聖剣の団に入ったばかりでこんなことになるなんて。ついてねぇな。

「……こうなったら、全員まとまって動くぞ。まだ、骸骨兵士がいるかもしれないからな」

「そうですね」

アドルがうなずく。

「サポートメンバーはＤランク以下の団員ばかりだから、強化された骸骨兵士と戦えば、さらに犠牲者が出る可能性がありますし」

「……そうだな。使えるのはお前とＣランクのウーゴ、ラモンだけか」

ガルディは頭部に生えた狼の耳をかいた。

「とにかく、月光の団より先に調査団を見つけるぞ。そうすれば面目も立つ。お前ら、気合いれろよ！」

その時、建物の陰から、黒い服を着た二十代半ばぐらいの男が姿を見せた。

背丈は百八十センチを超えていて、すらりとした体形をしている。肌は青白く、長く伸ばした髪は銀色。額には魔族の特徴である黒い角が生えていた。

「まっ、魔族だ！」

アドルが叫ぶと、聖剣の団の団員たちが一斉に武器を構える。

ガルディも赤い刃の短剣を魔族に向けた。

魔族は警戒しているガルディたちに無造作に近づき、牙の生えた口を開いた。

「お前たちは誰だ？」

「俺たちは聖剣の団の冒険者だ。お前が骸骨兵士を強化した魔族だな」

「そうだ。俺はダグルード」

魔族――ダグルードはガルディたちを見回した。

「……ふむ。お前たちはいいか」

「いい？　何がいいんだ？」

「新たな奴隷にする必要はないということだ。もう、それなりの数の人族を奴隷にしたからな」

「それなりの数か。どうやら、調査団を拘束しているのはお前のようだな」

ガルディが唇の端を吊り上げた。

「これは運がよかったぜ」

「運がよかった？」

「ああ。お前を倒せば、俺たち聖剣の団の評価が上がるからな」

　ガルディは上唇を舐める。

「アドル、ウーゴ、ラモン！　お前たちは右に回れ。サポートメンバーは全員左だ！」

　ガルディの指示に従って、聖剣の団の団員たちが動く。

「残念だったな、ダグルード。調子に乗って一人で出てくるから、取り囲まれて逃げることができなくなる」

「逃げる必要などないだろう」

　ダグルードは淡々とした口調で言った。

「たかが二十人程度の人族など、どうにでもなる」

「それが普通の人族ならな」

　ガルディが一歩前に出る。

「お前にとって残念な事実だが、俺は特別なんだ。魔族を倒したこともあるしな」

「……お前は間違っている」

「間違ってる？」

　ガルディが首をかしげた。

「何が間違ってるんだ？」

「魔族といっても、強さはバラバラってことだ。オーガレベルの者もいれば、ドラゴンを超える強さを持つ魔族もいる」

「お前はドラゴンより強いって言いたいのか？」

「その通りだ。それに……」

ダグルードが右手を上げると、周囲の建物から、二百体以上の骸骨兵士が姿を見せた。

骸骨兵士たちはカタカタと歯を鳴らしながら、両手に持った曲刀を構える。

ガルディの表情が強張った。

「ちっ！　こんなにいやがったのか」

「ガ、ガルディさん」

アドルが震え声で周囲を見回す。

「マズイです。この数じゃ、勝てるわけ……」

「三分だ！　三分だけ骸骨兵士を止めておけ！　その間に俺がダグルードを倒す！」

ガルディは喋り終えると同時にダグルードに突っ込んだ。

「死ねっ！　魔族めっ！」

右足を強く蹴って、赤い刃の短剣を突く。

「無駄なことを」

ダグルードの前に半透明の壁が現れた。その壁が短剣の刃を弾く。

「この程度の壁でっ！」

ガルディは左手で半透明の壁に触れた。魔法解除の呪文を唱えると、壁が消滅した。

「残念だったなっ！　俺は魔法戦士なんだ！」

ガルディの短剣の先端がダグルードの胸に触れた。同時にダグルードは刃を右手で掴む。

短剣を押し込もうとしたガルディの動きが止まった。

「くっ……何だ……動かな……い」

「この程度の力なのか？」

ダグルードは首を右に傾ける。

「平均的な人族とあまり変わらない気がするが」

「舐めるなっ！」

ガルディは短剣から手を離して、呪文を唱える。

ガルディの胸元に直径十センチの黒い球体が具現化する。

「この距離なら、避けられない……だろっ！」

黒い球体が動き出し、ダグルードの胸元で爆発した。

「はっ！　バカがっ！　闇魔球をまともに食らいやが……あぁ？」

平然と立っているダグルードを見て、ガルディの両目が大きく開いた。

「ふむ。試しに受けてみたが、なかなかの威力だな」

ダグルードはキズ一つない黒い服に触れる。

「さて、そっちの防御力はどの程度なのか」

ダグルードは腰に提げていた細身の剣を引き抜くと同時に前に出た。呆然としていたガルディの反応が遅れる。細身の剣の先端がガルディの肩に突き刺さった。

「ぐあっ……」

ガルディは苦痛で顔を歪めながら、ダグルードから距離を取る。

「ふむ。服は魔法素材でできていて物理耐性があるようだが、体の強化はなしか。補助魔法は使えないタイプのようだな。これは困った」

「こ、困ったって何だよ？」

「これでは、さっき手に入れたポルタ文明の武器を試す意味がなさそうでな」

ダグルードは細身の剣を足元に落とし、新たに黄金色の剣を具現化した。その剣は柄の部分に魔法文字が刻まれていて、刃がいびつに歪んでいた。

「まあ、使ってみるか。頼むから、すぐに死なないでくれ」

ダグルードの目が針のように細くなった。

「くっ、くそっ！」

ガルディは肩の傷を押さえながら、ゆっくりと後ずさりする。

既に周囲にいた聖剣の団の団員たちは半分以上が骸骨兵士に倒されていた。

ガルディの耳に悲鳴と怒声が届く。

「ダメだ！　ガルディさん！」

アドルが体をガルディに寄せる。

「ウーゴとラモンがやられた！」

「何人残ってる？」

「七……いや、六人です」

「ぐっ……」

　ガルディは骸骨兵士に囲まれている団員たちを見回す。

「……アドル！　俺についてこい！」

　そう言うと、ガルディは黒い球体を具現化し、右側にいる骸骨兵士にぶつけた。爆発音がして、白い骨が飛び散る。

　ガルディとアドルは周囲にいる骸骨兵士を倒しながら、その包囲を突破した。建物の間の細い階段を上ると、アドルが大剣で建物の壁を崩す。

　砕けた壁が階段に積み上がり、追ってきた骸骨兵士の足を止めた。

「よし！　これでなんとか……」

　ガルディは腰に提げていた魔法のポーチから回復薬を取り出し、一気に飲み干す。肩から流れていた血が止まり、傷口が塞がった。

「ガルディさん」

　アドルが骸骨兵士に囲まれて倒されていく聖剣の団の団員を指さす。

「どうします？　このままじゃ、あいつら……」

「どうにもならねぇよ！」

　ガルディがこぶしで壁を叩いた。

「ここで戻ったら、俺たちも殺される。骸骨兵士はどうにかなっても、あの魔族は無理だ。Ｓランクの冒険者でも倒せないだろう」

「で、でも、それじゃあ、仲間を見殺しに……」

「しょうがないだろ！　現実を受け入れろ！」

ガルディはアドルの肩を掴んだ。

「ここから俺たちが戻って何ができる？　最大級の闇魔球でも、あの魔族は倒せないはずだ。どうにもならないんだよ！」

「じゃあ、俺たちはどうすれば？」

「……地上に戻るしかない。二人じゃ、何もできないからな」

ガルディは、骸骨兵士たちに斬り刻まれている兵士たちに背を向けて唇を強く結んだ。

第六章　地下都市の戦い

　僕たちのパーティーは地下都市の南にある神殿を調査していた。神殿はがらんとしていて、中央には高さ十メートルを超える戦いの神バルドの像が建っている。

　戦いの神バルドか。たしか神話では邪神ドールズと戦って死んだんだよな。本当のことかどうかわからないけど。

「ヤクモくん」

　アルミーネが足元の床を指さした。

「この床、仕掛けがあるんだけど、動かす方法がわからないの。だから、ヤクモくんにお願いしようと思って」

「お願いって、何をすればいいの？」

「あれよ」

　アルミーネが壁の上部を指さす。そこには扉のようなものが見えた。

「多分、この床が動いて階段のような形になるんだと思う」

「そういうことか。わかった」

　僕は紙を宙に固定させて、壁の上部にある扉までの階段を作る。

「これでいいかな？」

「うん。ばっちり」

アルミーネは僕の肩を軽く叩く。

僕たちは紙の階段を上って、壁の上部にある扉の前に立った。

アルミーネが魔道具の『万能鍵』を使って、扉の鍵を開ける。

扉の先には縦横二十メートルのがらんとした部屋があった。中には二十人以上の男女が床に座り込んでいる。年齢はばらばらで全員の首に黒い首輪がはめられていた。

この人たちは……。

「どうやら、見つけたみたいね」

アルミーネがメガネをかけた四十代の男に歩み寄った。

「調査団の人たちですよね？」

「は、はい。私はサイラス。調査団のリーダーをやってます」

サイラスの痩けた頬が動いた。

「た、助けにきてくれたんですか？」

「はい。冒険者ギルドから調査団の救出の依頼を受けたんです」

「あ、ああ。よかった。助かったんだ」

メガネの奥のサイラスの目から、涙が流れ落ちた。周囲にいた人たちも瞳を潤ませて、僕たちに歩み寄る。

「まっ、待て！」

隣にいた黒ひげの男が僕たちを指さす。

「四人だけなのか？」

「私たちのパーティーは四人だけど、他にも月光の団が地下都市にいますよ。数は二十八人だったかな」

「それじゃ足りん！　俺たちを拘束したのは魔族で強化した骸骨兵士が五百体以上いるんだ」

「やっぱり魔族が関わっているんですね」

「ああ。あの魔族……ダグルードは六魔星ゼルディアの直属の部下らしい。奴に俺たちは捕らえられて、ポルタ文明の財宝探しの手伝いをやらされているんだ」

ゼルディアの名前に僕の隣にいたキナコの体がぴくりと反応した。

ゼルディアって、キナコの村を滅ぼした魔族だ。

カチリとキナコの牙が鳴る音がした。

黒ひげの男ははめられた首輪に触れながら、アルミーネに顔を近づける。

「奴に逆らうと、この首輪が首を切断する。だから、俺たちは逃げることもできなかった。護衛していた冒険者たちも全員死んでしまったしな」

「じゃあ、残っているのは……」

「ここにいる二十三人だ」

「……そう……ですか」

アルミーネは親指の爪を唇に寄せて考え込む。

「ヤクモくん。シルフィールに連絡を取って。これは協力したほうがよさそうだから」

「わかった」

　僕はズボンのポケットに手を入れ、シルフィールから受け取った立方体を取り出す。

　顔に近づけ、青い金属板を指で押し込むと、立方体からシルフィールの声が聞こえてきた。

『何？　もう助けが必要なの？』

「いや、そうじゃなくて、調査団の人たちを見つけたんです」

『……はぁ？　あなたたちが見つけたの？』

　シルフィールの声が大きくなる。

「はい。南側の神殿の中に隠し部屋があって。ただ、やっぱり魔族が関わってるみたいなので、シルフィールさんに伝えておこうと思って」

『……わかった。すぐに行くから待ってなさい』

　向こうから通信が切れた。

「アルミーネ、シルフィールさんはすぐに来てくれるみたいだ」

「了解。じゃあ、こっちは首輪を外しておこうかな」

　アルミーネは魔法のポーチから、細長い金属の棒を取り出した。

　アルミーネは調査団の人たちの首輪を次々と外した。

　全員の首輪を外すと、僕たちは隠し部屋を出て神殿の一階に下りる。

巨大な像の前で、僕たちは月光の団の団員二十八人と合流した。

アルミーネが状況をシルフィールに説明する。

「わかった。じゃあ、月光の団が調査団を地上まで連れていくから。いいわね？」

「はい。そのほうが安全だと思うし、問題ありません」

「ふーん。わかってるじゃない」

シルフィールは隣にいた黒髪の女性の上着を掴んだ。

「コリンヌ、あなたが指揮を取って」

「えっ？　私ですか？」

コリンヌが驚いた顔をした。

「そうよ。団員も全員使っていいわ。調査団の救出が最優先だから」

「では、シルフィール様は？」

「私は魔族を殺しておくから。追ってこられても面倒だしね」

「えっ？　一人でですか？」

「問題ないでしょ。別に相手が六魔星ってわけでもないし」

シルフィールは銀色の髪をかき上げる。

「たかが一体の魔族ぐらい、瞬殺だから」

「待ってください！　ダグルードの強さは未知数です。それに強化された骸骨兵士の数もわかりません」

「五百体以上らしい」

キナコが言った。

「さすがのお前でも一人で戦うのは厳しいんじゃないのか？」

「ふんっ、私は十二英雄なの。雑魚モンスターが何百体いても関係ないから」

シルフィールはキナコをにらみつける。

「とにかく、魔族は私が倒す……」

「シルフィール様」

エルフのミルファがシルフィールに駆け寄った。

「今、地上から連絡が入りました。聖剣の団が魔族に襲われ、ほぼ全滅したそうです！」

その言葉を聞いて、周囲の空気が一瞬で冷えた。

「……ほぼ全滅って、何人殺されたの？」

「二十八人が殺され、生き残ったのはリーダーのガルディとＢランクの冒険者が一人だそうです」

「何やってるんだか」

シルフィールは舌打ちをした。

「実力ある団って聞いてたけど、話にならないわね」

二十八人も殺されるなんて……。

僕の額に冷たい汗が滲んだ。

聖剣の団は実力のある団員が多かった。Ｃランクのウーゴとラモンは戦闘経験も多かったのに。

「シルフィール様」

コリンヌが口を開く。

「どうやら、ダグルードの強さは私たちの想定より上のようです。こうなったら、いっしょに行動したほうがいいと思います」

「……しょうがないわね」

シルフィールの視線が僕に向いた。

「あなたたちもついてきなさい。私が守ってあげる」

「いいんですか？」

「弱者を守るのも英雄の仕事だからね」

そう言って、シルフィールは胸を張った。


僕たちは全員で北に向かった。そっちに大きな通路があり、そこから、上層階に行けるらしい。

しんと静まり返った町を進み続けると大通りに出た。道の左右には四階建ての建物が並んでいて、その一部が崩れている。

僕は先頭を歩いているシルフィールに視線を向ける。

シルフィールは周囲を警戒することなく、散歩をしてるかのように歩いている。

「ヤクモ！」

　ピルンが僕に体を寄せた。

「シルフィールは本当に強いのか？」

「んっ？　シルフィールさんはSランクで十二英雄の一人だよ」

「でも、あまり強そうでないのだ。身長はピルンより低いし、胸だってピルンのほうが圧倒的に勝ってるのだ」

「胸は強さに関係ないし。しかも、圧倒的に勝ってないよ」

　僕はピルンに突っ込みを入れる。

「シルフィールさんは強いよ。さっきの攻撃魔法も正確で威力があったし、今も隙が全くないし」

「そんな風には見えないのだ」

　ピルンは首をかしげる。

「シルフィールは後ろを全然見てないし、たまにあくびもしてるのだ。戦場で油断すると、すぐに死んでしまうのだ」

「油断はしてないと思うよ。さっきも調査団の人が転んだら、すぐに足を止めたし。目だけじゃなくて、他の何かで周囲の状況を知っているんだと思う」

「他の何って、何なのだ？」

「それは僕にもわからないよ。何かのスキルかもしれないし、戦闘経験でわかるのかもしれない。キナコも勘が鋭いし」

「ピルンはそんなことできないのだ」

「僕も無理だよ」

僕はふっと息を吐き出す。

その時――。

左右の建物から、数十体の骸骨兵士が現れた。

「敵襲っ！」

月光の団の団員が大きな声を出す。

その声に反応して、他の団員たちが調査団の人たちを守るように円陣を組む。

「コリンヌっ！　守りはまかせたから」

シルフィールはそう言うと、腰に提げていた銀色の小さな円柱を手に取る。その円柱が長く伸びて、両方の端から黄金色の刃が飛び出した。

「すぐに終わらせてあげる」

シルフィールはツインテールの髪をなびかせて、右側にいた骸骨兵士たちに突っ込んだ。

くるりと体を半回転させ、伸びた円柱で骸骨兵士の額を正確に突く。黄金色の刃が骸骨兵士の宝石を砕いた。

「カッ……カカ……」

二体の骸骨兵士が左右からシルフィールに襲い掛かる。

シルフィールは曲刀の攻撃を円柱で受けながら、呪文を唱える。骸骨兵士の真上に火球が出現し、真下に落ちる。骸骨兵士の体が一瞬で炎に包まれた。額の宝石が黒く変色し、二体の骸骨兵士が倒れる。

「カカ……カッカッ！」

今度は六体の骸骨兵士が歯を鳴らしてシルフィールを取り囲む。

「無駄なことするのね」

シルフィールは両足を軽く開いて、深く息を吸い込む。

六体の骸骨兵士が同時に攻撃を仕掛けた。両手に握った曲刀を振り上げ、シルフィールに突っ込む。

避けようがない攻撃だと思った瞬間、シルフィールの腕がぶれるように動いた。円柱の両端にある刃がきらめき、骸骨兵士たちの動きが止まる。

「『流星雨』！」

シルフィールが技の名前を言い終えると同時に六体の骸骨兵士の体がばらばらに砕けた。

速い！　一瞬で百回以上も骸骨兵士を斬った。こんな技があるのなら、シルフィールを取り囲んで攻撃しても無意味だろう。それにあの武器は……。

「あれが国宝武器『双頭光王』か」

アルミーネがつぶやいた。

「双頭光王？」

「うん。シルフィールが災害クラスのモンスターを倒した時に国王からもらった光属性の武器よ。

あの黄金色の刃は魔法鎧だって防ぐことができないんだって」

「……すごい武器だね」

次々と骸骨兵士を倒すシルフィールを見て、僕の体が熱くなる。

Ｓランクの冒険者が国宝武器を使えば、ここまで圧倒的に強さを発揮するのか。

「俺たちの出番はなさそうだな」

キナコが言った。

「さすが十二英雄だ。余裕を持って戦っているのに圧倒的な強さがある」

「うん。すごいね」

月光の団の団員たちも調査団の人たちを守りながら、近づいてくる骸骨兵士を確実に倒している。その動きに無駄がなく、しっかりと訓練されているのがわかった。

これが月光の団か。レステ国で十本の指に入る団って言われてるだけはあるな。

結局、僕たちが戦うことはなく、骸骨兵士たちは数分で全滅した。

「ケガ人はいる？」

シルフィールがコリンヌに声をかけた。

「四人ケガをしましたが、回復魔法で治せるレベルです。問題ありません」

「そう。それならいいわ。ケガを治したら、すぐに移動するから」

「わかりました」

コリンヌは腕から血を流している団員に回復魔法をかける。

「私も手伝ってくるね」

アルミーネがケガをしている団員に駆け寄る。

「回復魔法か……」

僕は回復魔法を使用しているアルミーネを見つめる。

アルミーネは素材を利用して回復魔法を使用することができる。これは錬金術師しかできないやり方だ。普通は回復系のスキルを持っていないとできないことだから。

「どうした？　暗い顔をして」

キナコが肉球で僕のおしりを叩いた。

「いや、僕も回復魔法が使えたらって思って。今の僕は【魔力極大】があるから、何百人だって、ケガ人を治すことができるのに」

「そんなことを考えていたのか」

キナコは呆れた顔で僕を見上げる。

「回復魔法は素質が重要だぞ。努力でどうにかなるものではない」

「うん、わかってる。でも、せっかく基礎魔力が７３０万マナもあるのに、その魔力を紙の具現化だけにしか使えないのが悔しくて」

「ふっ、真面目なお前らしい考えだが、無意味なことだ。そんなことを考えるぐらいなら、自分にできることをやるんだな」

「できること？」

「ああ。【紙使い】の能力を極めて、お前自身が強くなることだ。お前が強くなればなるほど、仲間がケガをすることはなくなるからな」

「……そう……だね」

僕はキナコの肩に触れる。

「ありがとう、キナコ。気が楽になったよ」

「礼はナバイ産のチュル酒でいいぞ」

「キナコはお酒の飲み過ぎだから、ミルクをおごるよ」

そう言って、僕は頬を緩めた。

数時間後、僕たちは町の北の端まで移動していた。その場所は深くて巨大な穴がいくつも開いていた。穴の側には造りかけの神殿があり、中央に運命の神ダリスの像が建っている。

こっちにはダリスの神殿か。信心深いのか、邪神ドールズを恐れていたからなのか。

視線を動かすと、緩やかな斜面が見える。どうやら、そこから上のダンジョンに行けるようだ。

なんとか地下都市から脱出することができそうだな。

カタ……カタカタ……。

突然、歯を鳴らすような音が聞こえ、周囲の建物の中から三百体以上の骸骨兵士たちが現れた。

骸骨兵士たちは全ての通路を塞ぎ、僕たちを取り囲む。

「全員、戦闘態勢を取れ！」

コリンヌが叫ぶと、月光の団の団員たちが各々の武器を構える。

僕、アルミーネ、ピルン、キナコも調査団の人たちを守るように骸骨兵士たちの前に立った。

さっきと違って数が多すぎる。これはまずいかもしれない。

僕は腰に提げていた魔喰いの短剣を引き抜く。

しかし、骸骨兵士たちは僕たちに近づいてこない。

ん？　攻めてこないのか？

「さっさと出てきたら？」

シルフィールが双頭光王を構えて、大きな声を出した。

「隠れてるのがバレバレなのよ。それとも、私がそっちに行くほうがいい？」

数秒後、天井が壊れた建物の中から黒い角を生やした銀髪の魔族が姿を現した。

「あなたがダグルードね？」

シルフィールがダグルードを指さす。

「そうだ。お前はハイエルフか？」

「ええ。十二英雄のシルフィールよ」

「……ふむ」

ダグルードは首を僅かに傾けて、シルフィールを見つめる。

「手に入れた武器を試すのもいいが、ハイエルフとなると殺すのは惜しいな」

「はぁ？　何言ってるの？」

シルフィールが銀色の眉を吊り上げる。

「殺されるのはあなただから」

「……ほぉ。魔族相手に強気だな」

「魔族なんて、何体も殺してるし」

シルフィールは黄金色の刃をダグルードに向ける。

「あなたもすぐに殺してあげる。地獄で私と戦ったことを後悔しなさい」

「いや、待て！」

ダグルードは右手を前に出した。

「その前に交渉をしようではないか」

「交渉？　魔族と？」

「そうだ。お前、仲間が死ぬのはイヤだろう？　これだけの数の骸骨兵士に攻められたら、必ず死人が出るぞ。だが、交渉に応じればお前の仲間を生かしておいてやる」

「……話だけは聞いてあげる。さっさと言って」

「お前たちが奪った奴隷を返してもらおう。それとお前は新たに奴隷となれ。ハイエルフの体が普通のエルフとどう違うのかを調べてみたいからな」

ぴくりとシルフィールの眉が動いた。

「……そんな交渉に私が応じるとでも思ってるの？」

「お前たちにとって、非常に割の良い取引だと思ったのだが」

ダグルードは首をかしげる。

「この交渉がまとまらなければ、お前たちは全員死ぬことになる。だが、交渉が成立すれば、二十人以上が助かる。そんな算術もわからないのか？」

「計算が間違ってるわ。私たちが全員死ぬことはないから」

シルフィールは一歩前に出た。

「あなたこそ死にたくなければ、私たちを全員逃がしなさい。私のほうが、あなたより圧倒的に強いんだから」

「面白いことを言う。お前は俺より強いのか？」

「当然でしょ。私は最強なの」

「……ほう。最強か」

ダグルードはシルフィールをじっと見つめる。

「……面白い。お前の強さ、見てみたくなったぞ」

そう言って、胸元からポルタ文明の文字が刻まれた小さな円柱を取り出す。ダグルードが円柱のボタンを押すと、建物の中から、銀色に輝く人形が姿を現した。

人形は背丈が二メートル近くあり、ひょろりとした体形をしていた。目、耳、鼻、口はなく、光沢のある銀色の肌は鏡のように周囲の景色を映している。

「この人形は地下都市で見つけたものだ。その人形を俺が改良した。最高の素材を使ってな」

ダグルードはゆらゆらと上半身を揺らして近づいてきた人形を見つめる。

「この人形……メタリックドールにお前が勝てたら、全員を無傷で逃がしてやろう」

「へーっ、そんなことでいいんだ？」

シルフィールの口角が吊り上がる。

「私とその人形、一対一で戦うのね？」

「そうだ。骸骨兵士も俺も戦わん。そっちがお前だけで戦うのならな」

「……いいわ。私の強さを教えてあげる」

「シルフィール様っ！」

コリンヌがシルフィールに駆け寄った。

「危険です。あの人形がポルタ文明の魔道具であれば、予想外の攻撃を仕掛けてくる可能性があります」

「あんなガラクタに私が負けるとでも？」

「いえ、ですが、リーダーのシルフィール様が一人で戦うのは……」

「そのほうが犠牲が出ないでしょ。さすがにこの数の骸骨兵士に攻められたら、全員を守るのは難しいし」

シルフィールはくるりと双頭光王を回す。

「まかせておきなさい。私が負けることなんて、絶対にないんだから」

そう言って、シルフィールは銀色の人形……メタリックドールの前に立った。

この状況は予想外だな。

僕は上半身を揺らしているメタリックドールを見つめる。

でも、シルフィールが勝てば、僕たちは犠牲者なしで、地下都市から脱出することができる。それは僕たちにとって、悪くない条件かもしれない。

「準備しておけよ」

キナコが隣にいる僕だけに聞こえる声で言った。

「魔族の約束は当てにならん。何か仕掛けてくる可能性があるぞ」

「……うん。そうだね」

僕は周囲を取り囲んでいる骸骨兵士たちを見回した。

「では、始めるとするか」

ダグルードは数歩下がって、持っていた円柱を口元に近づける。

「メタリックドール！　目の前にいる女を倒せ！」

「……ヴウウ」

メタリックドールは細く長い手足を動かして、真っ直ぐにシルフィールに近づく。

「バカな人形」

シルフィールは素早く前に出て、体を半回転させながら、双頭光王を振った。黄金色の刃がメタリックドールのくびれた腰に当たる。

耳が痛くなるような金属音が響き、銀色の体に小さな傷がついた。

シルフィールは銀色の眉を僅かに動かしてメタリックドールから距離を取る。

「……ふーん。予想より硬いのね」

「硬いだけじゃないぞ」

　ダグルードがそう言うと、メタリックドールの傷口から銀色の液体が染み出してきて、その傷を塞いだ。

「どうやら、その武器ではメタリックドールを壊すことはできないようだな」

「そう思ったのなら、あなたの目は節穴ね」

　シルフィールは腰を落として上唇を舐める。

「今の攻撃は全然本気じゃないから」

「そうか。それは楽しみだ」

　ダグルードの言葉と同時にメタリックドールが走り出した。一気にシルフィールに近づき、細長い腕を振り下ろす。シルフィールは低い姿勢でその攻撃をかわし、メタリックドールの側面に移動した。

　その瞬間、メタリックドールの腕の関節が逆方向に曲がった。尖った銀色の指先がシルフィールの首を狙う。シルフィールはぎりぎりでその攻撃をかわす。

「シルフィール様っ！」

　戦いを見ていたコリンヌが悲鳴のような声をあげた。

「当たってないから！」

　そう言って、シルフィールは数歩下がる。

「へーっ、逆方向に腕が曲がるなんてね。ちょっと予想外だったかな。でも、こいつの力量も見えたわ。こんなガラクタじゃ私には……勝てないっ！」

シルフィールは双頭光王をくるくると回しながら、メタリックドールを攻撃する。連続で金属音が鳴り、メタリックドールの銀色の肌に無数の傷がつく。

「ヴ……ヴヴ……」

メタリックドールの肌が水面のように揺れ、全ての傷が一瞬で消えた。

「無意味な攻撃だな」

ダグルードがつぶやいた。

「それが本気なのか？」

「違うわ。今のは人形の動きを確認してたの」

「……動きの確認？」

「そう。その人形は人の形をしてるくせに動きが変則的だからね。それを確認しておこうと思ったの。それと」

「それと何だ？」

「この人形、頭や腹は守る気がないのに、首の下だけは手で防ごうとするのよね。そこに弱点があるのかな？」

シルフィールの言葉にダグルードの眉がぴくりと動いた。

「……ほぅ。メタリックドールの核の場所に気づいたか。だが、それに気づいても無意味だ。お前の攻撃ではメタリックドールの流体皮膚を貫くことはできないのだからな」

「ふーん。その考えが間違ってることを教えてあげる」

シルフィールは呪文を唱えながら、メタリックドールに突っ込む。双頭光王の刃の輝きが増し、その先端が針のように細くなった。

メタリックドールは両手を交差させるように振り下ろす。

「もう遅いから」

シルフィールは双頭光王でメタリックドールの両腕を斬り落とす。

「これで首の下は守れないわね」

大きく左足を踏み出し、双頭光王でメタリックドールの首の下を突いた。黄金色の先端が銀色の皮膚を貫く。

ガラスが割れるような音がして、メタリックドールの動きが止まった。

「はい。私の勝ちね」

シルフィールがそう言うと、月光の団の団員たちが歓声をあげた。

「さすがシルフィール様だ。圧勝じゃないか」

「あ、ああ。やっぱりうちのリーダーは最高だよ」

「シルフィール様、万歳っ！　月光の団、万歳！」

強い。圧倒的な強さだ。

双頭光王の刃でメタリックドールを貫いているシルフィールを僕は見つめる。

武器強化の魔法をかけて、硬いメタリックドールの体を貫いたのもすごいけど、その前の動きもとんでもない。一瞬で両方の腕を斬り落とすなんて。

「さあ、約束は守ってもらうわよ」

シルフィールは視線をダグルードに向けた。

「あなたの人形は壊れたんだから」

「そうだな。見事な腕前だった」

ダグルードは胸元で両手を二度叩いた。

「だが、お前の勝ちではない」

「ん？　勝ちじゃない？」

「ああ。この勝負は引き分けだ」

ダグルードの口角が吊り上がると同時に、双頭光王の刃に貫かれていたメタリックドールの体からカチカチと小さな音がした。

危険を察知したんだろう。シルフィールは双頭光王を引き抜き、素早く呪文を唱えた。シルフィールの体が黄白色に輝き出すと同時にメタリックドールの体が爆発する。シルフィールは背後にあった建物の壁に強くぶつかった。

「ぐっ……」

シルフィールは唇を歪めて、自分の体を見る。その腹部には銀色の破片が突き刺さっていた。

シルフィールの体がぐらりと傾き、地面に倒れた。

「シルフィール様っ！」

蒼白の顔をしたコリンヌがシルフィールに駆け寄り、回復魔法を使用する。シルフィールの体が青白く輝くが、彼女が起き上がる様子はなかった。

「さて……」

ダグルードは円柱のボタンを押した。

すると、九体のメタリックドールが建物の中から現れる。

「他にメタリックドールと戦いたい者はいるか？　条件はさっきと同じで構わないが」

「ふざけるなっ！」

白銀の鎧を装備した大柄の団員が怒声を発した。

「勝負はシルフィール様が勝っていた。それなのにこんな卑怯な手を使うなんて。魔族には誇りがないのかっ？！」

「誇りなど、何の意味もないな」

ダグルードは感情のない声で答えた。

「そんなものを気にして、戦いに負けるのであれば害悪でもある。人族はそんなこともわからないのか？」

「ぐっ……卑怯者めっ！」

団員がロングソードを引き抜き、ダグルードに駆け寄った。

ダグルードは黄金色の剣を具現化し、柄の部分を右手で掴む。その剣を近づいてきた団員に向けて振り下ろした。団員の体が白銀の鎧ごと真っ二つに斬れた。二つに分かれた体が同時に倒れ、地面を赤く濡らす。

「ふむ……やはり、ただの人間では、この武器が強いのか弱いのかわからんな」

ダグルードはいびつに歪んだ刃を見つめる。

「まあいい。実験はこれで終わりにするか。骸骨兵士たちよ、冒険者どもを全員殺せ！」

その言葉に反応して、僕たちを取り囲んでいた骸骨兵士たちが動き出した。

「おっ、応戦しろ！」

Bランクの団員が叫ぶと、呆然としていた他の団員たちが我に返った。

「シルフィール様を守れーっ！」

四人の団員が倒れているシルフィールに駆け寄り、他の団員たちは近づいてくる骸骨兵士に武器を向ける。

「俺たちも動くぞ！」

キナコが言った。

「調査団の奴らを逃がすんだ！」

「それなら、南側の骸骨兵士を倒して！」

「南側でいいのか？　そっちは大穴があるぞ」

「大丈夫だから！」

「……わかった」

キナコは正面にいた骸骨兵士の曲刀の攻撃を避けてジャンプする。ピンク色の肉球が骸骨兵士の額の宝石を砕いた。

「カ……カカ……」

三体の骸骨兵士が側面からキナコに突っ込んできた。

「そうはさせないっ！　『魔防壁強度四』！」

僕は白い紙の壁を具現化した。その壁が骸骨兵士の行く手を塞ぐ。

「ヤクモくん、魔法を使うから！」

アルミーネの声が背後から聞こえた。

空中に数十の小さな魔法陣が現れる。その魔法陣から、オレンジ色に燃える炎の剣が出現した。

その剣が数十体の骸骨兵士たちに突き刺さる。

骸骨兵士たちは炎に包まれて、次々と倒れた。

これで南側に骸骨兵士はいなくなった。

僕は骸骨兵士の死体を飛び越え、大穴のふちまで移動する。

向こう側まで……五十メートルってところか。具現化時間が長い紙を使えばなんとかなる。

僕は地形をしっかりと確認して、意識を集中させる。

数万枚の紙が具現化し、それが僕の意思に従って動き出す。

紙と紙が組み合わさり、巨大な橋を作った。

この橋なら、一気に距離を稼いで逃げることができるはずだ。

「皆さん、こっちです！」

僕は調査団の人たちを手招きした。

「この橋から逃げてください！　急いで！」

「こ、この橋は？」

調査団のリーダーのサイラスが口を半開きにして、紙の橋を凝視する。

「そんなことより、早く逃げてください！」

「あ、はっ、はい！　みんな、逃げるんだ」

サイラスは他の調査団の人たちといっしょに橋を走り出す。

よし！　これで残りは月光の団の人たち……あ……。

メタリックドールから逃げているコリンヌの姿が目に入った。その背中にはシルフィールが背負われている。

まずい！　まだ、シルフィールは意識が戻ってないみたいだ。

僕はコリンヌを追っているメタリックドールに向かって走り出す。

メタリックドールの弱点は首の下の核だ。それがわかってれば、なんとかなる！

僕はコリンヌを守るようにメタリックドールの前に立った。

メタリックドールの細長い右手が斜めに振り下ろされた。その攻撃を僕は魔防壁で止める。一瞬、メタリックドールの動きが止まった。

僕は魔喰いの短剣に魔力を注ぎ込む。青白い刃が長く伸び、メタリックドールの首の下に突き刺さった。

　しかし、刃の先端が途中で止まる。

　くっ！　硬いな。核まで届いてないか。

「ヴ……ヴヴ……」

　メタリックドールの左手が僕の腕を掴んだ。みしりと骨がきしむ音がする。

　くっ！　パワーもオーク並みに強い。

　僕は顔を歪めながら、魔喰いの短剣に追加の魔力を注ぎ込んだ。青白い刃の輝きが増し、その先端がメタリックドールの背中から突き出る。

　ガラスが割れるような音がして、メタリックドールの動きが止まった。

　僕は素早くメタリックドールから離れる。

　数秒後、メタリックドールが爆発した。

　よし！　なんとか倒せたか。魔力をたくさん使っちゃったけど仕方がない。

　僕はぽかんと口を開けているコリンヌに駆け寄った。

「コリンヌさん。橋を渡って逃げてください！」

「ですが……」

「今はシルフィールさんを安全な場所に移動させるのが先決です」

「……わかりました。よろしくお願いします」

　コリンヌは僕に頭を下げて走り出した。

僕は骸骨兵士と戦っている月光の団の団員たちを見回す。

このままじゃダメだ。骸骨兵士の数が多すぎる。

それに……。

二体のメタリックドールが僕に近づいてきた。

今度は二体か。

僕の額から冷たい汗が流れ落ちる。

紙の橋と魔喰いの短剣で基礎魔力を五割以上使っている。まだ、余裕があるけど、そろそろ気にして戦ったほうがいいか。

「ヤクモ、あいつらは俺にまかせろ」

キナコが僕の前に立って、腰に提げたひょうたんを手に取った。そのフタを外し、中の液体を飲み干す。周囲にチュル酒の香りが充満した。

「こんな時にお酒っ？」

「ふっ、そのほうが俺は強くなるからな」

そう言って、キナコはにやりと笑った。

「酔えば酔うだけ強くなる。これが俺の肉球酔拳だ」

ゆらゆらと上半身を揺らしながら、キナコは前に出た。

二体のメタリックドールが左右から同時にキナコに攻撃を仕掛けた。その攻撃をキナコは上半身を大きくそらしてかわす。さらにその状態から体を半回転してメタリックドールの左足に背中

を当てる。その状態からキナコは体を捻って、メタリックドールの腹部を肉球で叩く。メタリックドールの体が五メートル以上飛ばされた。

もう一体のメタリックドールが右手を伸ばし、キナコの頭を掴もうとする。

「おっと……」

キナコはぺたんと背中を地面につけた。メタリックドールは腰を曲げて、右手のこぶしをキナコの頭部に振り下ろした。その攻撃をキナコは首を曲げてかわす。メタリックドールのこぶしが地面に穴を開けた。

「残念だったな」

キナコは本物の猫のように体をくねらせて立ち上がり、メタリックドールの首の下を肉球で叩いた。

ガラスが割れるような音とともにメタリックドールが地面に倒れる。

キナコは素早くその場から離れて爆発を避けた。

「ふっ、俺の肉球なら、皮膚が硬くても中の核にダメージを与えることができる」

キナコはふらふらと体を揺らしながら、近くにいた骸骨兵士に攻撃を仕掛ける。

さすがキナコだ。ここは問題ないな。

僕はエルフのミルファと戦っていた骸骨兵士に走り寄り、側面から魔喰いの短剣を突いた。長く伸びた青白い刃が骸骨兵士の首の骨を砕き、頭部が地面に落ちる。

「ミルファ！　月光の団のみんなに伝えて！　南側に橋があるって」

「……あ……う、うん。わかった」

ミルファは戦っている団員たちに僕の言葉を伝える。

「撤退だ！　下がるぞ！」

Bランクの団員が叫ぶと、全員が戦闘を停止して南側に走り出す。

団員と骸骨兵士の距離が開くと、僕は意識を集中させる。

「『魔防壁強度七』！」

骸骨兵士の前に金属の性質を持つ紙の壁が具現化する。

これで時間が稼げるはず。

そう思った瞬間、壁の一部が斬り裂かれて、そこからダグルードが姿を見せた。その手には黄金色の剣が握られている。

くっ！　強度七の魔防壁が一瞬で斬り裂かれた。あの剣、要注意だな。

「ヤクモ！　俺たちも下がるぞ」

キナコが僕に駆け寄った。

「この状況ではダグルードを狙うのは難しい。骸骨兵士の数が多すぎる」

「うん。下がったほうがよさそうだね」

僕はダグルードの側にいる二体のメタリックドールを見つめる。

ダグルードを狙うなら、メタリックドールと骸骨兵士をなんとかして、こっちが有利な状況で戦わないと。

僕は唇を強く結んで、キナコといっしょに走り出した。

◇　◇　◇

数十分後、僕たちは裏通りにある建物の中で月光の団と合流した。

僕は団員に指示を出しているコリンヌに声をかけた。

「コリンヌさん、シルフィールさんの意識は戻りましたか？」

「……いえ、まだです」

コリンヌは眉間にしわを寄せて首を左右に振る。

「突き刺さった破片が内臓を傷つけています。回復魔法をかけてますが……」

「そう……ですか」

僕は座り込んでいる団員たちを見つめる。

リーダーのシルフィールが負傷して、心が折れている団員が多そうだ。命を落とした団員も十人近くいるし。

調査団の人たちも不安げな表情で体を寄せ合っている。

僕は月光の団の団員を真っ二つにしたダグルードの姿を思い出す。

ダグルードはメタリックドールや強化した骸骨兵士を従えているだけじゃなく、強力な武器を持ち、本人も戦闘慣れしているように思えた。月光の団の団員の攻撃にも焦る様子がなかった。

「まずい状況だな」

回復薬を飲み干したキナコが口を開いた。

「ここもすぐに見つかると思うぞ。ダグルードは五百体以上の骸骨兵士を動かせるからな」

「うん。すぐに移動したほうがいいかも」

「ただ、問題はどこに逃げるかだ。上に逃げる道は知られていると考えたほうがいい」

僕は半壊した扉の隙間から、外を見る。

数十メートル先にある大通りを数体の骸骨兵士が歩いていた。

僕たちを捜せとダグルードに命令されているんだろうな。

「こうなったら、アレを使うしかないか」

アルミーネがぼそりとつぶやいた。

「ん？　アレって？」

「『魔炎爆弾』よ」

アルミーネはアイテムを収納している魔法の指輪を僕に見せる。

「多数の敵を一気に倒せる爆弾なの。使うのは初めてだけど、これなら骸骨兵士の数を減らせると思う。ただ……」

「ただ、何？」

「骸骨兵士を一箇所にまとめないとダメかな。魔炎爆弾は一個しかないから」

「一個だけなんだ？」

「だって、これ一つ作るのに大金貨五枚かかるから」

「大金貨五枚っ⁉」

「うん。レア素材をいくつも使ってて、『赤炎草の粉』も一キロ以上詰め込んでるし」

アルミーネは、ふっと息を吐く。

「と、それより、どこに仕掛けるかね。広くて骸骨兵士を集めやすい場所がいいんだけど」

「それなら、この近くに円形闘技場があったよ」

　僕は南の方向を指さす。

「ここからだと、走って五分ぐらいかな」

「うん。悪くない。あとはどうやって円形闘技場に骸骨兵士を集めるかね」

「僕がおとりをやるよ」

「えっ？　ヤクモくんが？」

「うん。僕の能力が一番おとりに向いてるからね。紙の壁をいっぱい作れるから」

「基礎魔力は大丈夫なの？」

「まだ、四割ぐらいは残ってるよ」

「あれだけ紙を具現化して、まだ四割も残ってるんだ？　やっぱり【魔力極大】ってすごいスキルね」

　アルミーネは感嘆の声をあげる。

「じゃあ、キナコは私といっしょに円形闘技場で魔炎爆弾の設置を手伝って。ピルンは……」

「ピルンはヤクモといっしょにおとりをやるのだ！」

ピルンが僕の腕に手を回す。

「おとりが一人だと怪しまれるからな。だから、ピルンもいたほうがいいのだ」

「……危険な仕事だよ？」

「だから、ピルンがやるのだ。アルミーネの回復薬を飲んで体力もばっちり回復したからな」

ピルンはぐっと親指を立てる。

「それなら、私もおとりをやる」

ミルファが右手を上げた。

「おとりなら、Ｅランクの私でもやれるはず。手伝わせて」

「俺もやるぞ」

若い男の団員が立ち上がった。

「その作戦が上手くいけば、シルフィール様や調査団を守ることができるからな」

さらに数人の団員が右手を上げた。

「じゃあ、作戦に参加する人は集まって」

アルミーネが手を上げた団員たちを集めて、作戦を話し始めた。


一時間後、僕とピルンは数十体の骸骨兵士から逃げていた。

裏路地に入ると、僕は紙の壁を具現化して道を塞ぐ。

「ピルン！　こっちだ！」

僕とピルンは十字路を右に曲がり、細い道を走り抜ける。

あの紙の壁は十秒で消える。でも、それだけの時間があれば十分だ。

僕たちは建物の中に入り、身を潜めた。

骸骨兵士たちが僕たちの前の道を通り過ぎていった。

「だいぶ、骸骨兵士が集まってきたね」

「うむ。作戦通りなのだ」

ピルンが尖った歯を見せて笑った。

「ヤクモが紙の壁を出せるから、逃げるのが楽なのだ」

「うん。特にこの場所は狭い道が入り組んでいるからね。壁で封鎖するのが楽だよ」

「やっぱり、紙を出す能力は役に立つな」

「うん。最近、自分もそう思うようになったよ。【紙使い】は雑魚スキルじゃないって」

「ピルンはみんなで水晶ドラゴンを倒した時から、わかっていたのだ」

ピルンが自慢げに胸を張る。

「ヤクモは強くてファッションセンスがあるいい男なのだ」

「ははっ、ありがとう」

僕はピルンの頭を軽く撫でた。

その時、アルミーネから渡された魔道具のバッジから、彼女の声が聞こえてきた。

『ヤクモくん。こっちの準備は終わったよ』

「あれ、予想より早いね」

『月光の団のみんなが手伝ってくれたからね』

「じゃあ、円形闘技場に行くよ」

『よろしく。西側でおとりをやってるミルファたちにも伝えておくから』

「よし！　行こう、ピルン！」

僕はピルンといっしょに建物を出て、円形闘技場に向かった。


僕たちは多くの骸骨兵士に追われながら、円形闘技場に入った。

細い通路を抜けると、開けた場所に出る。その場所には黄土色の砂が敷き詰められていて、所々に資材が積まれていた。

視線を動かすと別の通路の入り口で、月光の団の団員たちが骸骨兵士と戦っているのが見えた。その中にはミルファの姿もある。

「ヤクモくん！」

階段状の観客席からアルミーネが手を振っていた。

「準備はできてるから！」

「わかった！」

僕は観客席から飛び降りてきたキナコに駆け寄る。

「キナコっ！　これから骸骨兵士がたくさんここに来るから」

「予定通りってことだな」

キナコが細い通路から現れた骸骨兵士たちをちらりと見る。

「よし！　まかせておけ。数が増えるまで俺がなんとかしてやる」

そう言うと、キナコは近づいてきた骸骨兵士を肉球で突き飛ばす。

ピルンもマジカルハンマーで通路から出てくる骸骨兵士を倒している。

ここからはタイミングが大事だ。犠牲者が出たら意味がない。僕が判断しないと。

周囲を見回すと、既に闘技場の中に五十体以上の骸骨兵士がいた。その骸骨兵士たちをキナコやピルン、月光の団の団員たちが連携を取って倒していく。

しかし、それ以上の数の骸骨兵士たちが通路から中に入ってくる。

すぐに骸骨兵士たちの数が百体以上に増えた。

そろそろ、準備しておいたほうがいいか。

僕は意識を集中させて、紙の階段を具現化する。

さらに骸骨兵士の数が増えたのを確認して、僕は叫んだ。

「みんな、観客席に逃げてください！」

僕の声を聞いて、ミルファたちが階段を駆け上がる。キナコとピルンがその後に階段を上った。

これでいい。

僕は魔喰いの短剣を構えたまま、階段を上がる。

すぐに骸骨兵士たちが追いかけてくる。

僕は自分がいる場所から下の階段を消す。三体の骸骨兵士たちが地面に落ちた。

「アルミーネ！　全員、脱出したよ！」

「了解っ！」

アルミーネは下にいる骸骨兵士の数を確認する。

「数は二百体ちょっとか」

ポケットから黒い円柱を取り出し、先端の部分を親指で押し込んだ。

その瞬間、大きな爆発音がして、円形の地面にオレンジ色の炎が広がった。炎は意思を持っているかのように骸骨兵士たちに襲いかかる。

骸骨兵士の白い骨が黒く変色し、目と口から炎が噴き上がった。

「ガ……ガガ……」

骸骨兵士たちの動きが緩慢になり、次々と倒れていく。

その光景を僕たちは観客席から眺めていた。

二百体以上の骸骨兵士たちが数十秒で全滅するなんて。とんでもない武器だな。

「……すごい」

隣にいたミルファが掠れた声を出した。

「こんなに威力がある爆弾なんて、見たことも聞いたこともないよ」

月光の団の他の団員たちもぽかんと口を開けて、動かなくなった骸骨兵士たちを見つめている。

「さすが大金貨五枚ね」

アルミーネが言った。

「これで一気に骸骨兵士の数を減らせたよ」

「うん。キナコたちが魔炎爆弾の爆発前にも四十体ぐらい倒してるから、二百四十体以上は減らせたと思う」

僕は額に浮かんでいた汗を手の甲でぬぐった。

「みんな、逃げましょう」

アルミーネがみんなに言った。

「派手に煙が出てるから、ダグルードがすぐにここに来るはず」

「うん。急ごう」

僕たちと月光の団の団員七人は円形闘技場の出口に向かって走り出した。

◇◇◇

僕たちは裏路地を東に進んでいた。

細く入り組んだ道を抜けると、広場らしき場所に出る。

「よし！　誰もいないぞ！」

先頭を走っていた月光の団の団員が言った。

その言葉に僕は安堵の息を吐いた。

骸骨兵士の数が減ったおかげで、ここまでは楽に移動できた。

あとは別行動しているコリンヌたちと合流して、東側にある通路から上のダンジョンに逃げることができれば……。

僕たちは無人の広場を警戒しながら進む。

その時――。

「があっ！」

僕の後ろにいた月光の団の団員が叫び声をあげた。

振り返ると、団員の男が倒れていて、その後ろに巨大な黒い蜘蛛がいた。

蜘蛛は背丈が五メートル以上、横幅も七メートル以上あった。八つの目は赤く輝いていて、全身に紫色のトゲを生やしていた。

「魔鋼蜘蛛の女王だ！」

キナコが叫んだ。

「気をつけろ！　こいつがいるってことは……」

周囲から、無数の魔鋼蜘蛛たちが現れる。

三百体以上の魔鋼蜘蛛を見て、全員の顔が蒼白になる。

「これは……マズイかも」

隣にいたアルミーネが掠れた声を出した。

「ここで魔鋼蜘蛛の群れに襲われるなんて、運命の神ダリスに嫌われちゃったかな」

「でも、諦めるわけにはいかないよ」

僕は魔喰いの短剣の刃を女王蜘蛛に向けた。

なんとか、ここを切り抜けて合流場所に向かわないと。

「キシャアアア！」

魔鋼蜘蛛たちが一斉に攻撃を仕掛けてきた。魔鋼蜘蛛が出した白い糸が宙を舞い、月光の団の団員たちの体に降りかかる。

「ちっ！　もう酒は残ってないぞ」

キナコは伸ばした爪で糸を断りながら、飛び掛かってきた二体の魔鋼蜘蛛を肉球で叩く。

ピルンと月光の団の団員たちも四方から飛び掛かってくる魔鋼蜘蛛と戦い始める。

とにかく数を減らさないと。

僕は数百本の紙の短剣を具現化する。

数が多いのは……右側か。

宙に浮かんでいた紙の短剣が一斉に動き出した。幅が一ミリ以下の短剣が次々と魔鋼蜘蛛に突き刺さった。

よし！　これで右側から女王蜘蛛を狙える。

僕は魔鋼蜘蛛の死体を飛び越え、右側から後方にいる女王蜘蛛に突っ込んだ。

女王蜘蛛はすぐに僕に気づき、黒い毛が生えた前脚を振り上げる。ブンと音がして、前脚が振り下ろされた。

僕は地面を転がりながら、その攻撃を避けて女王蜘蛛の側面に移動する。

その瞬間、女王蜘蛛の紫色のトゲが飛び出した。

僕は魔鋼蜘蛛の死体を盾にして、その攻撃を防ぐ。

「ヤクモくん！　離れて！」

アルミーネの声が聞こえると同時に女王蜘蛛の頭上に巨大な魔法陣が具現化した。

僕が女王蜘蛛から離れると、魔法陣から光の雨が降り注いだ。女王蜘蛛の体が光で焼かれ、白い煙が立ち上る。

「キュアアアア！」

女王蜘蛛は甲高い鳴き声をあげると、八本の脚を動かしてアルミーネに突っ込んでいく。

まずい！　アルミーネを守らないと！

先端が鋭く尖った前脚がアルミーネに振り下ろされた。

間に合えっ！

僕はアルミーネに抱きつき、そのまま二人で転がりながら女王蜘蛛から離れた。

「アルミーネは下がって！」

僕は十本の紙の鎖を具現化して、女王蜘蛛の動きを止める。

「キュアアアアーッ！」

女王蜘蛛は無数のトゲを八方に飛ばす。そのトゲが月光の団の団員と魔鋼蜘蛛の体に突き刺さった。

「があ……っ……」

団員の男と魔鋼蜘蛛が同時に倒れる。

「くっ……」

僕は唇を強く噛んで、女王蜘蛛に突っ込んだ。

こいつは危険だ。周囲に味方の魔鋼蜘蛛がいても、お構いなしに広範囲攻撃をしてくる。犠牲者が増える前に倒すしかない。

僕は女王蜘蛛の真下に潜り込み、魔喰いの短剣に魔力を注ぎ込む。青白い刃が一メートル以上伸びた。その刃で女王蜘蛛の脚の関節部分を斬る。黄色い体液が飛び散り、女王蜘蛛の巨体が僅かに傾く。

「もう一本っ！」

僕は渾身の力を込めて、魔喰いの短剣を振った。

その瞬間、女王蜘蛛が七本の脚をぐっと曲げて、高くジャンプした。黒い巨体が数十メートル離れた場所に着地する。

距離を取られたけど……逃がさない。

僕は女王蜘蛛に向かって走る。

「キュアアアアア」

女王蜘蛛は口を大きく開き、周囲の空気を震わせるように鳴いた。

すると、女王蜘蛛を守るように三十体以上の魔鋼蜘蛛が集まってきた。魔鋼蜘蛛たちは白い糸を吐き出し、僕の行く手を塞いだ。

それなら、この位置から女王蜘蛛を狙う！

ポケットの中に入れていた闇属性を付与した紙を二百三十枚使って……。

僕の頭上に巨大な紙の槍が出現した。長さが五メートル以上あり、全体が青紫色に輝いている。

「いけっ！　『巨槍闇月』！」

巨槍闇月は魔鋼蜘蛛たちを跳ね飛ばし、女王蜘蛛の楕円形の胴体に突き刺さった。

「キュア……ア……ア……」

女王蜘蛛の鳴き声が途切れ、巨体が横倒しになる。

よし！　これで戦いが楽になるはずだ。

「やったね、ヤクモくん」

アルミーネが僕に駆け寄ってきた。

「あんな巨大な槍を具現化するなんて、すごいよ。しかも闇属性を付与した槍だよね？」

「うん。体力を削る効果がある闇属性の紙だよ。それをストックしてたんだ」

僕は胸元のポケットに触れる。

「二百枚以上使ったから、もうあの槍は具現化できないけど」

「だけど、女王蜘蛛を倒せたのは理想的だよ。これでなんとかなりそう」

アルミーネは魔鋼蜘蛛と戦っているキナコたちに視線を向けた。

女王蜘蛛を倒してから、数分後。

群れの数が半分以上に減った魔鋼蜘蛛たちが逃げ出した。

僕は荒い呼吸を整えながら、周囲を見回す。

多くの魔鋼蜘蛛の死体といっしょに四人の月光の団の団員が地面に倒れていた。

四人やられたか。

僕は唇を強く噛む。

もっと早く女王蜘蛛を倒せていれば……いや、そんなことを考えてる場合じゃない。

すぐにここから逃げないと。

その時——。

カタ……カタ……カタカタ……。

骨の鳴る音がして、二百体以上の骸骨兵士が姿を見せた。

骸骨兵士たちは、七人になった僕たちを取り囲む。

そして、広場の入り口からダグルードが現れた。ダグルードの両隣にはメタリックドールがだらりと長い手を下げて立っている。

ダグルードは金色の瞳で僕たちを見回した。

「奴隷は別の場所にいるようだな。まずはそれを教えてもらおう」

「教えるわけがないだろう」

キナコが一歩前に出て、ダグルードと対峙する。

「逆にお前に質問しよう。お前は六魔星ゼルディアの直属の部下らしいな」

「それがどうかしたか？」

「ならば、ゼルディアの居場所を教えろ」

「ゼルディア様の居場所？」

ダグルードは首をかしげた。

「ゼルディア様に何の用がある？」

「たいした用じゃない。奴を殺そうと思っているだけだ」

「……お前がゼルディア様を？」

ダグルードの口角が吊り上がった。

「面白いことを言う。猫人族ごときにゼルディア様が殺されるわけがないだろう」

「猫人族ごときか……」

キナコは白く尖った爪で頭をかく。

「魔族はよく同じ言葉を吐く。そう言って、俺に殺された魔族は何十人もいるぞ」

「……ほう。それはたいしたものだが、弱い魔族ばかり倒しても自慢にはならんぞ」

「ならば、お前を倒しても自慢できそうにないな」

キナコの言葉にダグルードは数秒間沈黙した。

「……ふっ、ふふっ」

ダグルードは笑い出した。

「いいだろう。お前が本当に強いのかどうか、確かめてやろう」

ダグルードは黄金色の剣を具現化した。

「骸骨兵士たちよ。お前たちは他の冒険者を殺せ！」

僕たちを取り囲んでいた骸骨兵士たちが一斉に動き出した。

僕は奥歯を強く噛んで、魔喰いの短剣を握り直した。

回復する時間もなく連戦か。

僕は突っ込んできた骸骨兵士の攻撃を具現化した紙で防ぐ。そのまま左に回り込み、魔喰いの短剣で骸骨兵士の首を斬った。

すぐに別の骸骨兵士が僕に向けて曲刀を振り下ろしてくる。僕は片膝をついて、その攻撃をかわし、その姿勢のまま、魔喰いの短剣を突いた。青白い刃が長く伸びて、骸骨兵士の額にある宝石を砕く。

「があああっ！」

月光の団の団員の叫び声が聞こえてきた。

視線を動かすと、団員の男が地面に倒れていた。

くっ！　これでこっちは六人か。

この状況はまずいな。みんな、魔鋼蜘蛛と戦ったばかりで体力が落ちている。

アルミーネも素材がなくなれば魔法が使えなくなるし、ピルンの狂戦士モードも時間制限があるはずだ。

僕は紙の足場を具現化し、連続ジャンプで骸骨兵士たちの後方に飛び降りる。そのまま、キナコと戦っているダグルードに向かって走る。

ダグルードは黄金色の剣でキナコを斬ろうとしているが、キナコは変則的な動きでそれを避けている。

僕がキナコをサポートすればダグルードを倒せるかもしれない。いや、絶対に倒すんだ。

「ヴ……ヴヴ……」

二体のメタリックドールが僕の前に立ち塞がった。

銀色の長い腕が僕の頭部を狙う。僕は一歩下がって、その攻撃を避ける。

先にこいつらを倒すしかないけど……二体同時はきつい。

僕は左右の腕を振り回す二体のメタリックドールの攻撃を、紙の盾を具現化して受け止める。

くっ！　ダメだ。この二体は連携が上手くて核を狙う隙がない。

こうなったら、この位置から……。

「『操紙鳥』！」

僕はポケットから収納していた紙の鳥を出す。直径十センチほどの操紙鳥は僕の意思に従い、弧を描いてダグルードに近づく。

残り二メートルの位置でダグルードが操紙鳥に気づいた。

「ふん。こんなもの」

ダグルードは黄金色の剣で操紙鳥を真っ二つに斬る。

その瞬間――。

操紙鳥が爆発して、黄金色の剣がダグルードの手から離れた。

よし！　爆発効果がある紙で作った操紙鳥の攻撃が上手くいった。

「いい攻撃だ。ヤクモ」

そう言うと、キナコは一気にダグルードの懐に潜り込み、肉球で腹部を叩く。

ドンと大きな音がして、ダグルードの顔が歪んだ。

「ぐっ……おのれ……」

ダグルードは怒りの表情を浮かべてキナコをにらみつける。

ここで決める！

僕は後方から迫ってくるメタリックドールを魔喰いの短剣で牽制しながら、百本の紙の短剣を具現化する。

ここからなら、キナコには当たらない。

百本の紙の短剣が一斉に動き出した。

その瞬間、ダグルードの周囲に半透明の魔法の壁が現れる。紙の短剣が壁に当たり、次々と地面に落ちる。

「やってくれたな」

ダグルードは小刻みに体を震わせて立ち上がる。

「もう遊びは終わりだ。こいつでお前たちをなぶり殺しにしてやる」

そう言うとダグルードは呪文を唱えた。

ダグルードの体に不気味な鎧が装備された。その鎧は青黒く、眼球のようなものが無数に埋め込まれていた。

「まずはお前からだ！」

ダグルードはキナコに攻撃を仕掛けた。さっきより速い動きでキナコの側面に移動し、蹴りを放つ。

「くっ……」

キナコは左手の肉球で蹴りを受けるが、その体が真横に飛ばされる。

「キナコっ！」

倒れたキナコに近づこうとした瞬間、僕の手首をメタリックドールが掴んだ。強い力で引っ張られて、僕は地面に叩きつけられる。

「ぐっ……う……」

僕は転がりながら、メタリックドールの追撃をかわす。

痛みはあるけど、まだ戦える。アルミーネが作ってくれた魔法の服のおかげだ。

片膝をついて立ち上がり、魔喰いの短剣に魔力を注ぎ込む。長く伸びた青白い刃がメタリックドールの首の下に刺さった。ガラスが割れるような音がして、メタリックドールが倒れた。

「ヴヴ……ヴッ……」

もう一体のメタリックドールが細長い手を真っ直ぐに突き出す。尖った指の先が僕の目を狙う。

僕は頭を下げて、魔喰いの短剣でメタリックドールの左膝を斬った。メタリックドールの体が傾き、地面に倒れる。

立ち上がろうとしたメタリックドールの首の下に、僕は魔喰いの短剣を突き刺す。

「ヴ……ヴ……」

二体のメタリックドールからカチカチと音がした。

僕は粘着質の紙を具現化して、メタリックドールの体を包む。

同時に爆発音がして、一瞬、紙が風船のように膨らんだ。

よし！　これでキナコを助けにいける！

視線を動かすと、巨大な柱の前でキナコがダグルードと戦っていた。

ダグルードは左右のパンチをキナコに叩き込み、キナコの肉球をかわしている。

ダグルードのパワーとスピードが上がってる。あの不気味な鎧の効果か。

「遅いぞ、猫人族！」

ダグルードの蹴りがキナコの腹部に当たった。

「ぐっ……」

キナコの顔が歪み、ぐらりと上半身が傾く。

僕は唇を強く結んで走り出す。

背後からダグルードの首を狙う。そこなら鎧は関係ないっ！

ダグルードまで残り五メートルになった時、鎧に埋め込まれていた無数の眼球が視線を僕に向けた。

ダグルードが振り向き、左手を前に出す。手のひらから赤黒い火球が発射された。

僕は魔喰いの短剣の刃で火球を受ける。赤黒い炎が周囲に飛び散った。

「先に死にたいようだな」

ダグルードは一瞬で僕に近づき、右のこぶしを突き出す。予想以上の速さに僕の反応が遅れた。

こぶしが僕の胸元を叩く。

強い衝撃を感じると同時に僕の体が飛ばされる。

ぐっ……ただのパンチでこのパワーか。まともに戦うのはまずいな。

僕は突っ込んできたダグルードの前に九枚の紙を具現化した。

「小細工をしおって」

ダグルードの爪で紙が斬り裂かれた。その間に僕はダグルードから距離を取る。

「逃げ回るつもりのようだな。ならば、こいつを使わせてもらう」

ダグルードは手のひらから紫色の水晶玉を具現化し、それを地面に叩きつけた。

紫色の煙といっしょに巨大なドラゴンが現れた。ドラゴンは黒いウロコを生やしていて、両脚の爪は金色だった。

「ダークドラゴン！　人族どもを殺せ！」

ダグルードがドラゴンに命令する。

「ゴアアアアアッ！」

ダークドラゴンは巨体を揺らして、僕に突っ込んでくる。

ここでドラゴンかっ！

僕は骸骨兵士たちと戦っているみんなの位置を確認する。

こいつをアルミーネたちに近づけるわけにはいかない。別の場所に誘導しないと。

「『風手裏剣』！」

僕は数十本の紙の手裏剣を具現化し、ダークドラゴンを攻撃する。黒いウロコに手裏剣が刺さるがダメージを与えたようには見えない。

でも、これでいい。ダークドラゴンが僕を標的にした。

僕はダークドラゴンから逃げながら、意識を集中させて、自分の基礎魔力を確認する。

残り30万マナぐらいか。ポケットに入れてた紙もほとんどなくなったし、まずい状況だ。

とにかく、できるだけみんなから離れて……。

一体の骸骨兵士が僕の行く手を塞いだ。

僕は魔喰いの短剣で骸骨兵士の首を飛ばす。しかし、残った胴体が曲刀を投げ捨て、僕の体に抱きついてくる。

「ぐっ……」

僕は両手の肘を使って、骸骨兵士の体を引き剥がす。

その数秒の時間でダークドラゴンとの距離が一気に縮まった。

「ゴアアアアーッ！」

ダークドラゴンのノドが大きく膨らんだ。

ブレスを吐くつもりか。

こうなったら、切り札のあの紙を使って……。

その時――。

ダークドラゴンの後方から銀髪の少女が走ってくるのが見えた。

あれは……シルフィール!?

シルフィールはダークドラゴンの背に飛び乗り、その上を駆け抜ける。

ダークドラゴンは首を捻って黒い炎を吐き出した。同時にシルフィールが高くジャンプして、その炎を避ける。

「気づくのが遅いのよ！」

シルフィールは体を回転させながら、双頭光王を振った。ダークドラゴンの首から黒い血が噴き出す。

「『風神斬空』！」

シルフィールはダークドラゴンの背に飛び降りると同時に双頭光王を投げた。双頭光王はくるくると高速で回転しながらダークドラゴンの首を斬った。巨大なダークドラゴンの頭部が地面に落ち、双頭光王がシルフィールの手に戻る。

ぐらりとダークドラゴンの巨体が傾き、横倒しになった。

シルフィールはドラゴンの背から飛び降り、僕の前に立つ。

「シルフィールさん。体は大丈夫なんですか？」

「コリンヌの回復魔法と最高級の回復薬を使って、七割程度は復活したわ」

シルフィールは僕に顔を近づける。

「で、あの魔族はどこ？」

「今、あっちでキナコと戦ってます」

僕は北の方角を指さす。

「ダグルードは身体能力を上げる鎧を装備してるから、気をつけてください」

「気をつけて……か。Ｅランクのあなたに心配されるなんて、私も落ちたものね」

シルフィールは肩をすくめる。

「言っとくけど、人形の自爆攻撃にやられたのは百年に一度の油断だから」

「わかってます。シルフィールさんの強さを疑うことはありませんから」

「……そ、そう。わかってるならいいの」

シルフィールは緑色の瞳で僕を見つめる。

「まあ、いいわ。私は魔族を殺してくるから。あなたはどこかに隠れてなさい」

そう言うと、シルフィールは北に向かって走り出した。

僕は骸骨兵士たちと戦っているアルミーネたちに視線を向ける。アルミーネの隣にはコリンヌがいて、月光の団の団員の数も増えている。

シルフィールといっしょに来てくれたんだな。なら、僕はダグルードを狙う。キナコとシルフィールをサポートできるかもしれないし。

僕は魔喰いの短剣を握り締め、シルフィールの後を追った。


キナコとダグルードは屋根のなくなった神殿の中で戦っていた。

キナコは左腕から血を流していて、ダークグリーンのズボンが破けている。

シルフィールがキナコを守るように前に立った。

「ん？　お前、生きていたのか？」

ダグルードが驚いた顔をした。

「当たり前でしょ。あの程度の自爆攻撃で死ぬなんてありえないから」

シルフィールは双頭光王の刃をダグルードに向けた。

「私の本気を見せてあげる。キナコ、あなたはもう休んでていいから」

「冗談はよせ」

キナコがシルフィールの隣に移動した。

「酒はなくなったが、俺はまだ戦えるぞ」

「無理しなくていいわよ。私だけでも勝てるから」

「二人ともいっしょにかかってこい！」

ダグルードが叫ぶように言った。

「お前たちに実力の違いを教えてやる！」

黄金色の剣が具現化し、それをダグルードが掴む。

「死んで後悔するがいい！」

「それは私のセリフだから」

シルフィールがツインテールの髪を揺らして、ダグルードに突っ込んだ。大きく左足を踏み出し、双頭光王を斜め下から振り上げる。

その攻撃をダグルードは黄金色の剣で受け止めた。

二つの武器がぶつかり合い、甲高い金属音が響く。

「なかなかいい武器だが……」

ダグルードは黄金色の剣を振ると同時に体を半回転させ、蹴りを放つ。シルフィールはぎりぎりでその蹴りを避けた。

「どいてろ！　シルフィール」

キナコが地面を這うような姿勢でダグルードに近づき、肉球を突いた。ダグルードは左足を引いて肉球を避け、黄金色の剣を振り下ろす。その攻撃をシルフィールが双頭光王で受ける。

「ならば、これだっ！」

ダグルードは左手の指をシルフィールに向けた。五本の青白い光線が発射される。シルフィールは両ひざを大きく曲げて光線を避ける。

「肩を借りるぞ！」

キナコがシルフィールの肩に飛び乗り、高くジャンプした。空中で体をひねりながら、長く伸びた爪でダグルードの首を狙う。

ダグルードは左足で強く地面を蹴って、キナコの背後に回り込む。

「死ねっ！　猫人族！」

そう叫ぶと、ダグルードは黄金色の剣を突き出した。キナコは両手の肉球で黄金色の刃を挟む。

「キナコっ！　そのまま、剣を掴んでなさい！」

シルフィールが片膝をついて、双頭光王を真横に振る。

ダグルードは黄金色の剣から手を離し、シルフィールから距離を取った。

今だ！

僕はポケットに収納していた操紙鳥を十羽出した。

十羽の操紙鳥は、ばらばらの軌道でダグルードに迫る。

ダグルードの鎧に埋め込まれた眼球が操紙鳥に気づいた。

「もう、その手は食わん」

ダグルードは巨大な柱に背を寄せて、両手の指から光線を発射する。次々と操紙鳥が爆発した。

柱を利用されたか。あれじゃあ、後ろから狙いにくい。

数秒も経たないうちに十羽全部の操紙鳥が爆発した。

それと同時にキナコとシルフィールが左右からダグルードに突っ込む。

「弱者どもがっ！」

ダグルードが唇を動かすと、落ちていた黄金色の剣が消え、ダグルードの前に具現化する。それを掴んで、双頭光王の刃を受け止めた。さらに体を捻って、キナコの脇腹を蹴る。

キナコの体が十メートル以上飛ばされた。

僕は飛ばされたキナコに駆け寄る。

「キナコ、大丈夫？」

「あ……ああ」

キナコは牙を鳴らして、立ち上がった。

「この程度の蹴りで動けなくなるような俺じゃない。すぐに奴を倒してやる」

「キナコ、僕に考えがあるんだ」

僕はシルフィールと戦っているダグルードを見ながら、キナコに自分の作戦を話した。

「……ん？　しかし、その作戦……本当に上手くいくのか？」

「絶対じゃないけど、勝算はあるよ」

「……わかった。お前の作戦に乗ってやる！」

そう言うとキナコは走り出した。

僕はキナコとは逆方向に走りながら、ポケットに残っていた全ての操紙鳥を出す。七羽の操紙鳥が頭上を旋回する。

これでいい。あとは……。

僕は意識を集中させて、特別な紙を具現化した。

◇　◇　◇

キナコはシルフィールと戦っていたダグルードに突っ込んだ。白い爪を長く伸ばし、ダグルードの足を狙う。

「ちっ！　しつこい奴め！」

ダグルードは舌打ちをして、キナコの連続攻撃を避ける。

「いい加減に死ねっ！」

「お前がなっ！」

キナコの爪がダグルードの太股に傷をつけた。

一瞬、ダグルードの顔が歪む。

「シルフィール！　ここで決めるぞ！」

「言われなくても、わかってるわっ！」

シルフィールが双頭光王を振り回して、ダグルードを攻撃する。

キナコとシルフィールの連続攻撃にダグルードの唇が歪んだ。

「調子に乗るなっ！」

ダグルードの蹴りがキナコの腹部に当たった。キナコは腹部を押さえながら、よろよろと下がる。ダグルードの目がぎらりと輝いた。

「お前から終わらせてやるっ！」

ダグルードは黄金色の剣を連続で突いた。キナコはダグルードに背を向けて走り出す。

「もう逃がさん！」

ダグルードはシルフィールを黄金色の剣で牽制しながらキナコを追った。数十歩走ると、キナコを守るように七羽の操紙鳥がダグルードの行く手を塞ぐ。

「また、それか」

ダグルードは近くにあった柱に背を寄せて、右手の指から青白い光線を発射する。五羽の操紙鳥が光線に貫かれて爆発した。

「お前たちが何をやっても……」

その時、ダグルードが背にしていた柱が一瞬で消え、ヤクモが姿を現した。ヤクモは魔喰いの短剣を振り下ろす。ダグルードの左腕が斬れ、青紫色の血が噴き出した。

◇◇◇

「ば、バカな……」

ダグルードは呆然とした顔で僕を見つめる。

「どうして柱が消える？」

「僕が作った紙の柱だからだよ」

僕は魔喰いの短剣を構えて、ダグルードの疑問に答えた。

「紙……だと？」

「うん。擬態効果がある紙だよ。それで紙の柱を作って、キナコに誘導してもらったんだ」

「ぐっ……貴様っ！」

ダグルードは黄金色の剣を振り上げた。

怒りでアレがまだ残っていることを忘れてるな。

僕は頭上を旋回していた操紙鳥を動かし、ダグルードの背中にぶつけた。

大きな爆発音が響き、鎧の一部が破損する。

「あとはまかせておけ！」

キナコがダグルードに突っ込む。

「『肉球波紋掌』！」

キナコの肉球がダグルードの脇腹に強く当たった。ダグルードの顔が苦痛に歪み、黄金色の剣が地面に落ちる。

「私を忘れてないわよねっ！」

逆方向からシルフィールがダグルードに攻撃を仕掛けた。双頭光王を振り回しながら、素早く呪文を唱える。

シルフィールの両手のひらから青白い光が放たれた。その光は一直線にダグルードの腹部に当たる。

「ぐあっ……ぐ……」

それでもダグルードは倒れなかった。腹部から青紫色の血を流しながら、キナコとシルフィールから距離を取る。

「もう諦めろ」

キナコがダグルードに近づく。

「この状況でお前が勝てる可能性はゼロだ」

「……お前たちの顔は覚えておく。次に戦う時がお前たちが死ぬ時だ！」

「次があると思ってるのか？」

「あるな」

ダグルードの背中から黒い翼が生え、ふわりと浮かび上がった。

「逃がすかっ！」

キナコが高くジャンプしてダグルードの足首を掴もうとしたが、ぎりぎりで届かない。

ダグルードは口角を吊り上げて笑う。

まだ、笑うのは早いよ。

僕は宙に浮かんでいるダグルードの周囲に無数の紙の足場を具現化した。その足場を使って、ダグルードに近づく。

「またお前かっ！」

ダグルードは怒りの表情で僕に右手を向ける。指の先端から、青白い光線が発射された。

僕は紙の足場をジャンプして、光線をかわす。

一瞬、キナコとシルフィールが紙の足場を利用して、近づいてくるのが見えた。

あの二人なら、この足場を使ってダグルードを攻撃できる。

「くっ……くそっ！」

ダグルードはさらに上に逃げようとした。

そうはさせない！

ここで切り札を使う！

魔法のポケットに入れていたあの紙を全部出して……。

「『黄金紙吹雪』！」

黄金色に輝く細かい紙片が吹き上がる吹雪のように乱れ飛ぶ。

小さな紙片がダグルードの体を切り刻み、ぶつかり合った紙片同士が次々と爆発した。

この紙片は小指の爪より小さいサイズだけど、強い魔力が込められている。しかも紙同士がぶつかると爆発する効果がある。その威力は小さいけど、何百回も爆発すれば……。

ダグルードの翼が破れ、鎧の一部が砕けた。

「があっ……っ」

ぐらりとダグルードの体が傾き、下降していく。

呪文を唱えていたシルフィールが真横からダグルードに突っ込む。

「『神撃月虹』！」

双頭光王の刃が七色に輝き、ダグルードの鎧を貫いた。

「があっ……あ……」

ダグルードは両目を大きく開いて、自身の胸元に開いた大きな穴を凝視する。

「これが私の決め手よ。六属性全ての魔法を組み合わせて双頭光王の攻撃力を限界まで上げたの」

シルフィールが上唇を舐める。

「この技を受けて死ななかった生物はいないわ」

「こ……こんなバカな……ことが……」

ダグルードの声が途切れ、金色の瞳から輝きが消える。

そして――。

ダグルードの体が真下に落ちた。ぐしゃりと音がして、青紫色の血が神殿の床に広がっていく。

数秒間の沈黙の後――。

僕は紙の足場の上で深く息を吐き出した。

「終わった……か……」

危険で強い相手だった。僕だけだったら、すぐに殺されていただろう。

でも、キナコとシルフィールのおかげで、なんとか勝つことができた。

黄金紙吹雪に使う光属性の紙をいっぱい用意しておいてよかった。数がないと、この技の威力が落ちるから。

「そこのEランク！」

紙の足場に立っているシルフィールが僕に声をかけた。

「名前を教えなさい」

「え？　名前って僕の？」

「そうよ。名前は？」

「……ヤクモです」

「ヤクモね。で、これ、あなたの能力でしょ」

シルフィールは足元の紙を指さした。

「なかなか使える能力じゃない。それにあなたの武器もね」

「これは僕たちのパーティーのリーダーが作ってくれた武器です。魔力を消費して、刃を大きくしたり形を変えたりできます」

「魔力を消費する武器か。あなた、【魔力強化】のスキルを持ってるわけね」

「いや、【魔力強化】じゃなくて、【魔力極大】です」

「……えっ？」

シルフィールの緑色の目が丸くなった。

「ちょっと待って。紙を具現化する能力もユニークスキルでしょ？」

「はい。僕はユニークスキルを二つ持ってるから」

「はぁ？　ユニークスキルが二つ？　そんなの見たことないんだけど？」

「そう……ですよね」

僕は頬を人差し指でかいた。

「……ふーん」

シルフィールがじっと僕を見つめる。

「おいっ、お前たち！」

下にいたキナコが僕たちを手招きした。

「いつまで上にいるんだ。アルミーネたちを助けにいくぞ！」

「うん、わかった！」

僕とシルフィールは紙の足場を下りて、キナコといっしょに走り出した。


最後の一体の骸骨兵士が倒れると、月光の団の団員たちがその場に座り込んだ。

僕も荒い息を整えながら、額に浮かんだ汗をぬぐう。

ぎりぎりだったな。もう、紙一枚出せる魔力も残ってないや。

「ヤクモくん」

アルミーネが僕の肩に触れた。

「ケガしてない？」

「かすり傷程度だよ。アルミーネは？」

「私は大丈夫。ピルンが狂戦士モードで守ってくれたから」

そう言って、アルミーネは地面に座り込んでいるピルンを指さす。

「それにしても、あんなに強い魔族を倒すなんて。ヤクモくんはやっぱりすごいね」

「違うよ。とどめを刺したのはシルフィールさんだから」

「いや、お前がいなかったら、ダグルードは倒せなかった」

隣にいたキナコが言った。

「最後の紙吹雪の技にも驚いたが、その前の紙で巨大な柱を作って奇襲する策が見事だった。あれでダグルードの意表を突いたからな」

「あれはキナコがダグルードを柱の近くまで誘導してくれたからだよ」

「あぁ、奴は負傷した俺を倒そうとしてたからな。誘導はやりやすかったぞ」

キナコは僅かに口角を吊り上げる。

「奴が柱に体を寄せてくれたのは幸運だったな」

「いや、それは狙い通りなんだ」

「んっ？　狙い通り？」

「あの作戦の前にもダグルードは操紙鳥の攻撃を柱を背にして対処してたから。同じ動きをすると思って」

「……そうか」

キナコはじっと僕を見つめる。

「あの状況で大したものだ。お前の強さはスキルだけに頼ったものじゃないな」

「うん。そうだね」

アルミーネがキナコの言葉に同意した。

「ヤクモくんのおかげで、私も命拾いしたし」

「命拾い？」

「えっ？　覚えてないの？　女王蜘蛛の突進から私を助けてくれたじゃない」

「あっ、そうだったね」

僕はアルミーネに抱きついて地面を転がった時のことを思い出す。

「でも、あの時は勝手に体が動いてたんだ」

「勝手に？」

「うん。アルミーネを守らないとって思って。だから、戦況の確認とか計算とか、そういうのはなかったよ。運まかせで突っ込んだし」

「……そっか」

アルミーネのダークブルーの瞳が潤んだ。

「また、ヤクモくんに助けられたね。ありがとう」

「お礼を言うのは僕だよ。アルミーネの服のおかげで僕は死ななかったんだから」

僕たちは顔を見合わせて笑った。

「アルミーネさん」

コリンヌがアルミーネに声をかけた。

「そちらは全員動けますか？　早めに隠れている調査団と合流して地下都市を脱出しようと思ってるのですが」

「はい。大丈夫です」

　アルミーネが答える。

「回復薬もまだ残ってますから」

「では、すぐに移動しましょう。他に魔族や危険なモンスターがいる可能性もゼロではありませんから」

「安心しなさい」

　コリンヌの声が聞こえたのか、離れた場所にいたシルフィールが口を開いた。

「仮に別の魔族が出てきたとしても、私が全部倒してあげるから」

　そう言って、シルフィールは双頭光王をくるりと回した。

◇　◇　◇

　ダンジョンの入り口の近くにあるテントの中で、聖剣の団のアドルがガルディに声をかけた。

「荷物の整理が終わりました。これでいつでも出発できます」

「……そうか」

　ガルディの口から暗い声が漏れた。

「じゃあ、タンサの町に戻るぞ」

「ガルディさん。キルサスさんにどう報告するんですか？」

「正直に話すしかないだろ。俺たち以外の団員は全員魔族にやられたってな」

「しかし、それでは俺たちの評価が……」

「落ちねぇよ！」

ガルディの口調が強くなった。

「どうせ、月光の団の奴らもあの魔族に殺されるだろうからな」

「十二英雄のシルフィールもですか？」

「ああ。シルフィールでも、あの魔族には勝てない」

ガルディの体が一瞬震えた。

「ダグルードと戦って、俺はわかったんだ。奴の強さは別格だ。もしかしたら、六魔星に近いレベルかもしれない」

「六魔星って、魔王の幹部の？」

「ああ。Ｓランクが複数いても、奴は倒せないだろう」

「それじゃあ、この依頼は月光の団も失敗するんですね？」

アドルの質問にガルディは首を縦に動かした。

「その可能性は高い。強化された骸骨兵士の数も多かったからな」

「そうなったら、俺たちの評価は落ちませんね」

「あの月光の団も失敗したとなればな」

ガルディは頬を引きつらせるようにして笑った。

「理想はシルフィールが死ぬことだ。十二英雄が殺されるレベルの魔族なら、むしろ、俺たちだけでも生き残ったことが逆に評価されるかもしれない」

「たしかにそれは理想ですね。キルサスさんも仕方ないと思ってくれるでしょう」

アドルはふっと息を吐く。

「どうせなら、ヤクモたちのパーティーも全滅してくれればいいんですが」

「ふん。あいつらがダグルードに出会ったら、すぐに殺されるだろうさ。キナコが強くても、他の三人はたいしたことないだろうしな」

ガルディは頭部の狼の耳をかいた。

「まあ、あいつらも運が悪かった。こんな危険な依頼を受けてしまうとは」

その時、テントの外が騒がしくなった。

「ん？　何だ？」

ガルディとアドルはテントの外に出た。視線をダンジョンの入り口に向けると、そこには月光の団の団員たちと調査団のメンバーがいた。

ガルディとアドルの両目が大きく開く。

「あいつら……どうやって調査団を救出したんだ？　ダグルードに捕まっていたはずだぞ」

「わ、わかりません」

アドルが口をぱくぱくと動かした。

「ですが、戻ってきたってことは……あ……」

アドルはシルフィールの近くにいるヤクモを指さした。

「ヤクモたちだ。あいつらも月光の団といっしょに行動してたのか」

冒険者ギルドの職員たちの声が聞こえてきた。

「さすが月光の団だ。魔族を倒して調査団を救出するとは」

「ああ。聖剣の団がやられたから、救出作戦は失敗すると思ってたが」

「やっぱり、シルフィール様は最強だよ。まさに人族の希望だな」

「そんなバカな……」

ガルディの体が小刻みに震え出した。

◇　◇　◇

「ありがとうございます。シルフィール様」

冒険者ギルドの職員のフランクが僕の隣にいるシルフィールに頭を下げた。

「シルフィール様が魔族を倒してくれたおかげで、調査団を救うことができました」

「私だけで魔族を倒したわけじゃないわ」

シルフィールは僕とキナコを指さした。

「あの二人といっしょに倒したの」

「あ、そうでしたか」

フランクは視線をキナコに向ける。

「さすが、魔族殺しのキナコさんですね。それに……」

「ヤクモよ」

シルフィールが僕の名前を口にした。

「この子は月光の団の新人なの」

「えっ？　月光の団？」

僕は驚いた声を出した。

「シルフィールさん。僕は月光の団の団員じゃないですよ」

「これから、月光の団に入るんでしょ」

シルフィールはツインテールの髪を揺らして僕に歩み寄る。

「あなたはＥランクだけど、特別にＡランクの団員と同じ給料を払うわ。それだけの実力があると思うし。それに部屋もあげる」

「へ、部屋？」

「そう。月光の団はタンサの町の中央に屋敷があるから。私の隣の部屋が空いてるし、そこを使っていいから」

「い、いや。僕はアルミーネのパーティーに入ってるから」

僕は両手を胸元まであげて、首を左右に振る。

「月光の団に入るのは無理ですよ」

「抜ければいいじゃない。こっちのほうが条件がいいんだし」

「それはダメっ！」

アルミーネが僕の左腕を掴んだ。

「ヤクモくんは大切な仲間だから、絶対に渡せないよ」

「そうなのだ！」

今度はピルンが僕の右腕を掴む。

「ヤクモはピルンといっしょに魔王を倒して英雄になるって約束したのだ」

「いや、そんな約束してないし」

僕はピルンに突っ込みを入れる。

「とにかく、僕は月光の団には入りませんから」

「はぁ？　どうして？」

シルフィールが僕をにらみつける。

「月光の団の何が気に入らないの？　十二英雄の私がリーダーをやってるのよ」

「いや、気に入らないんじゃなくて、今のパーティーの仲間といっしょにいたいんです」

僕は自分の腕を掴んでいるアルミーネとピルンを交互に見る。

「アルミーネは聖剣の団を追放された僕をパーティーに誘ってくれた恩があるし、キナコには、いろいろと戦い方を教わってます。ピルンには……」

　数秒間、僕は無言になった。

「なぜ、黙るのだ？」

　ピルンの頬がぷっくりと膨らんだ。

「ピルンのすごいところも言うのだ」

「ぴっ、ピルンは正義感があって、ファッションセンスも……最高かな」

「かわいいが抜けているのだ。忘れたらダメなのだ」

「そう……だったね。は、ははっ」

　僕はぎこちなく笑いながら、シルフィールに視線を戻す。

「だから、月光の団に入ることはできないんです」

「ふーん。十二英雄の誘いを断るんだ？」

　シルフィールの銀色の眉が吊り上がる。

「いい度胸してるわね」

「すみません。もし、ソロだったら、喜んで月光の団に入ったと思います。シルフィールさんの圧倒的な強さを近くで見ていたいから」

「んっ、そう……なんだ？」

「はい。シルフィールさんといっしょに戦えて、すごく勉強になりました」

「……ふーん」

シルフィールは一歩前に出て、僕に整った顔を近づける。

「まあいいわ。あなたの部屋はずっと空けておくから、今のパーティーに飽きたら、いつでも連絡して」

そう言うと、シルフィールは僕の胸を人差し指で軽く突いた。

◇◇◇

三日後、僕はアルミーネの家で金貨七枚を受け取った。

「ごめんね。経費が増えたから、報酬が少なくなったの」

アルミーネが胸元で両手を合わせて謝った。

「魔炎爆弾を使っちゃったし、回復薬も全部なくなったから」

「問題ないよ。そのおかげで僕たちは生きて戻れたんだし」

僕がそう言うと、隣にいたキナコが口を開く。

「錬金術師がパーティーにいれば、経費が増えるのは当たり前だ。だが、その分、安全になるからな」

「ピルンも問題ないのだ！」

ピルンが右手を上げる。

「これだけあれば、美味しいものがいっぱい食べられるのだ」

「みんな、ありがとう」

アルミーネは僕たちに頭を下げた。

「で、その代わりってわけじゃないけど、私たちのパーティーの評価が相当上がったみたいよ」

「ダグルードを倒したから？」

僕の質問にアルミーネがうなずく。

「それが一番の要因ね。あの魔族は相当強かったから」

「シルフィールさんがいてくれて助かったよ。彼女がいなかったら、ダグルードは倒せなかったと思う」

僕の脳裏にダグルードの姿が浮かび上がる。

本当に強い魔族だった。一歩間違えていたら、僕たちは全員殺されていただろう。

「まあ、シルフィールさんには感謝しないとね。月光の団が出した報告書には、私たちがしっかり仕事したことも書かれてたみたいだし」

「そうなんだ？」

「うん。ヤクモくんが気に入られたおかげかも」

「気に入られたのかな？」

「そうでないと、月光の団に誘われないよ」

アルミーネは笑った。

「でも、本当によかったの？　月光の団の団員になったほうが名声もお金も多く手に入るし、部屋だってもらえるんでしょ？」

「いや、僕はこのパーティーがいいんだ」

僕はテーブルを囲んでいるパーティーの仲間たちを見回した。

「だから、追放されない限り、ずっとこのパーティーにいるよ」

「ヤクモくんを追放するわけないでしょ。必死に引き留めたんだから」

アルミーネは呆れた顔で僕を見た後、ふっと笑みを洩らす。

「……ありがとう、ヤクモくん。あなたがパーティーに入ってくれて、本当に幸運だったよ」

「やはり、聖剣の団に感謝すべきだな」

キナコが口を開いた。

「あいつらがヤクモを追放したおかげで、ヤクモは俺たちの仲間になったんだからな」

「だよね」

アルミーネはキナコの言葉に同意する。

「そういや、聖剣の団はいろいろと大変みたいだよ」

「えっ？　大変って？」

僕はアルミーネに質問した。

「今回の依頼で二十八人も団員が死んで、早々に撤退しちゃったからね。団の評価がすごく落ちたみたい」

「でも、ダグルードはすごく強い魔族だったよ。強化された骸骨兵士も五百体以上いたし」

「それでも、月光の団はダグルードを倒して、調査団を救出したからね。それにおまけだった私たちのパーティーも活躍したし。これから、聖剣の団への依頼も少なくなるんじゃないかな。実力が不安視されちゃったから」

アルミーネは首を右に傾けて頭をかいた。

「と、そんなことより、これからのことを話そうか。夕食でも食べながら」

「ピルンはお肉が食べたいのだーっ！」

ピルンが瞳を輝かせた。

「西通りの月の宝石亭に黄金牛のお肉が入荷したからな。あれは食べておかないと人生百年は損するのだ」

「じゃあ、そこにしようか。キナコもいいよね？」

「問題ない。美味い肉をつまみにして酒を飲むのも悪くない」

キナコが答える。

「ヤクモくんもいいかな？」

「うん。もちろん」

僕の頬が緩んだ。

仲間といっしょに食事って、やっぱりいいな。聖剣の団にいた頃は、下に見られてたせいか、食事に誘われたこともなかったし。

アルミーネの家を出ると、既に夜になっていた。

夜空の東側に巨大な月が昇っていた。柔らかな月の明かりが前を歩く仲間たちの姿を照らす。

僕は足を止めて、みんなの後ろ姿を見つめる。

このパーティーの一員になれて、僕は幸せだな。みんな信頼できて、僕を認めてくれる大切な仲間たちだ。

【魔力極大】のユニークスキルが復活して、僕は強くなった。

でも、この世界は危険に満ち溢れている。ダグルードより強い魔族や町を滅ぼす災害クラスのモンスターもいる。

そして六魔星や魔王も……。

そんな相手と戦うためには、もっと強くならないと！

「ヤクモっ！」

数十メートル先の十字路でピルンが僕の名を呼んだ。

「急ぐのだ。黄金牛のお肉がなくなってしまったら、最悪の事態なのだ」

「あ、ごめん！」

僕はピルンに謝りながら、月明かりに照らされた道を走り出した。

エピローグ

聖剣の団の屋敷の一室に、キルサスと幹部のエレナ、そしてガルディがいた。

イスに座ったキルサスは机の上に黄白色の紙を置いた。

「報告書を読ませてもらった。失態だったな、ガルディ」

「い、いや、待ってくれ！」

ガルディの声が微かに震えた。

「そこに書いてある通り、ダグルードの強さは六魔星に近いレベルだった。しかも強化された骸骨兵士が百体以上もいて、俺とアドルが生きて帰れただけでも奇跡なんだよ」

「六魔星に近いレベル……か」

キルサスは人差し指でトントンと机を叩いた。

「そこまで強い魔族だったのなら、なぜ、月光の団はそいつを倒せたんだ？」

「それは……十二英雄のシルフィールがいたからだ」

「銀月のシルフィールか。たしかに彼女なら、強い魔族を倒すこともできるだろう」

「あ、ああ。それに魔族殺しのキナコもいたんだ。あいつらが協力して、ダグルードを倒したんだろう」

「どうして君も協力しなかった？」

　キルサスはじっとガルディを見つめる。

「十二英雄のシルフィールと協力すれば、君は楽にその魔族を倒せてたはずだ。そうすれば、二十八人も団員が死ぬことはなかっただろう」

「それは……」

　ガルディの頬がぴくぴくと動いた。

「君は戦闘スキルを三つも持っているAランクの冒険者だ。戦闘能力を疑う必要はないが、パーティーをまとめるリーダーとしての資質は疑問だね」

「疑問だと？」

「そうだ。僕なら、月光の団といっしょに行動して、シルフィールとダグルードが戦っている時に参戦するね。そうすればリスクが軽減され、リターンが大きい。特にキナコもいたのなら」

　キルサスは淡々とした口調で言葉を続ける。

「君がシルフィールやキナコといっしょにダグルードを倒していれば、聖剣の団の評価は上がったはずだ」

「だが、月光の団と出会う機会がなかったんだ。俺たちが出会ったのはキナコたちのパーティーだけで」

「ならば、そのパーティーを利用する手もあった。キナコのパーティーなら、それなりの実力があるだろうからな」

「いや、あのパーティーは生意気な錬金術師の女がリーダーをやっていて……そっ、そうだ。このパーティーを追放された男もいたぞ」

「追放された男？」

「たしか……ヤクモだったかな」

「ヤクモ……」

キルサスの眉がぴくりと動いた。

「ヤクモがキナコのパーティーにいるのか？」

「あ、ああ。それで俺も奴らと協力する意味がないと思ったんだ。あんたが追放した男がいるようなパーティーなんだから」

「……それは関係ない。パーティーに役立たずのヤクモがいたとしても、キナコがいれば、そのパーティーのレベルは平均以上になるからな」

「だ、だが……」

「言い訳はいい。君の失敗で聖剣の団の信用が落ちたのは事実だ。それを否定することはできないだろ？」

「ぐっ……」

ガルディは反論できずに両肩を震わせた。

「ガルディ……」

キルサスがイスから立ち上がる。

「君の給料を一年間半分にする。文句はないな？」

「はっ、半分だと？」

ガルディの目が丸くなった。

「ふざけんなっ！　そんなに減らすつもりなのかよ！」

「妥当な金額だと思うがね。君の指揮で二十八人もの団員が死んでしまったのだから」

「……ぐっ……くそっ！」

ガルディは舌打ちをして、部屋から出ていった。


「あらら。怒らせちゃったわね」

今まで無言だったエレナが口を開いた。

「まっ、給料半分って言われたら、怒るのは当たり前か」

「怒っているのは僕のほうだよ」

キルサスが視線をエレナに向ける。

「ガルディの失敗で大きな依頼が三つもキャンセルされたからね。それに団員の補充もしないといけなくなった」

「そうね。三日前なら、団員の募集をすれば、すぐに集まってくれたけど、今は状況が違う。聖剣の団の実力を疑問視する声が出てきたし」

「……月光の団が魔族を倒せなければ聖剣の団の評価が落ちることはなかったんだが」

キルサスはこめかみに指を当てて、ふっと息を吐く。

「こんなことになるのなら、僕が現場に行くべきだったな。そうしておけば、シルフィールと仲良くなることもできたかもしれない」

「あら、ハイエルフにも興味があるの？」

「種族ではなく、彼女が十二英雄だからだよ。いずれ十三番目の英雄になる僕としては顔なじみになっておくのもいいと思ってね」

「ふーん。十三番目の英雄って、大きく出たわね」

「それだけの力があるからね。僕には」

　キルサスの口角が吊り上がった。

「まあ、僕が英雄になれば、今回の依頼で落ちた聖剣の団の信用もすぐに取り戻せるさ」

「そう願いたいわね」

　エレナがつやのある金色の髪に触れた。

「それにしても、キナコのパーティーにヤクモがいるなんて、びっくりしたわ」

「あぁ、そうだな。パーティーの雑用でもやってるのかもしれない」

「……それは違うと思うよ」

「んっ？　違う？」

　キルサスは首をかしげた。

「どうして、そう思うんだ？」

「この前のＥランクの昇級試験よ」

「昇級試験がどうかしたのか？」

「あの時、アルベルが二番目にいい成績だったって言ったでしょ」

「ああ。覚えてるよ。それがヤクモと何の関係がある？」

「一番いい成績を出したのがヤクモよ」

「……ヤクモが？」

キルサスの頬がぴくりと動いた。

「そんな話、アルベルから聞いてないぞ」

「そりゃあ、アルベルは話さないでしょ。自分がヤクモに負けたってことだから」

エレナは肩をすくめる。

「ちなみに試験内容はモンスターの素材集めで、ヤクモは鎧ムカデを倒したみたい」

「鎧ムカデをヤクモが倒した？」

「ええ。鎧ムカデはBランクの冒険者でも倒すのが難しいモンスターよ。それをヤクモは一人で倒したってこと」

「バカなっ！　ヤクモに鎧ムカデが倒せるわけがない！」

キルサスが首を左右に振った。

「ヤクモは紙を出す能力しかないんだぞ。そんなことはありえない！」

「ありえないって言っても、冒険者ギルドの職員が教えてくれた情報だからね。ヤクモは触角つきの鎧ムカデの頭を職員に渡したみたいよ」

「鎧ムカデの頭か」

キルサスは数秒間考え込んだ。

「ヤクモが鎧ムカデを倒したところを職員が見たわけじゃないんだな？」

「でしょうね。百人以上の冒険者が森の中で素材集めをしてるんだから、ずっと見てることはできないはずよ」

「そうか。ふっ……ふふっ」

口元を押さえて笑い出したキルサスを見て、エレナは不思議そうな顔をする。

「どうしたの？　突然笑い出して」

「いや、ヤクモがやった不正がわかったんだ」

「不正？　ヤクモが不正をしたの？」

「ああ。ヤクモは鎧ムカデの頭を事前に用意していたんだ。多分、その鎧ムカデを殺したのがキナコだな」

「でも、昇級試験の内容は当日に発表されるんじゃないの？」

「モンスターを倒して素材を回収する試験は、過去にもあったからな。それを予想していて、魔法のポーチに鎧ムカデの頭を隠していたんだろう」

キルサスは自分の腰に提げている魔法のポーチに触れる。

「魔法のポーチの中なら、素材は劣化しない。その日に鎧ムカデを倒したと思わせるのは難しくない」

「でも、わざわざ、そんなことするかしら？　たかがＥランクの昇級試験よ？」

「Ｆランクがいるパーティーを避ける依頼主も多いからな。だから、ヤクモは何としてもＥランクになりたかったんだろう。そして仲間のキナコに頼んだのさ」

「そんなこと、あのヤクモがやるのかな？　真面目な性格だったと思うけど？」

「聖剣の団を追放されて、彼も必死なんだろう。または、パーティーのリーダーの考えかもしれない」

「……うーん。その可能性もないとは言えないけど」

　エレナは首を右側に傾ける。

「ヤクモが鎧ムカデを倒した可能性だってあるんじゃない？」

「老齢の鎧ムカデや大ケガをしている鎧ムカデなら、運よく倒せるかもしれない。ただ、そんな幸運が昇級試験で起こるとは思えない」

「不正をした可能性のほうが高いってことね」

「ああ。ヤクモに将来性がないことは前にも話しただろ。一流どころか二流の冒険者にもなれないよ。そんな奴が鎧ムカデを倒せるわけがない」

「じゃあ、ヤクモが聖剣の団の団員募集の話を聞いて、『戻りたい』って言ってきても、断っていいのね？」

「もちろんだ」

　キルサスは笑いながら答えた。

「新人を入団させるにしても、将来性のある人物でないと意味がないからね」

「将来性のある人物か……」

――そんな人物が今の聖剣の団に入団してくれるとは思わないけど。

エレナは自身の尖った耳に触れながら、キルサスを数秒間見つめる。

「……わかった。じゃあ、私は団員募集の準備をするから」

エレナが部屋から出て行くと、入れ替わるように、アルベル、ダズル、カミラが部屋に入ってきた。

「キルサスさん、イタト村のゴブリン退治の仕事が終わりました」

アルベルが報告書をキルサスに差し出した。

キルサスは受け取った報告書を確認する。

「……問題はないようだな」

「はい。群れの数が予想より多くて八十体以上いたけど、余裕でしたよ」

アルベルは自慢げに胸を張った。

「今の俺たちなら、三人でオーガだって倒せます！」

「オーガか……」

キルサスは報告書を机の上に置いて、アルベルたちを見回した。

「アルベル、ダズル、カミラ。君たちも知ってると思うが、ガルディのミスで二十八人の団員の命が失われた。だから、君たちには新人気分でいてもらっては困るんだ。君たちは聖剣の団の中堅となり、その後は幹部になってもらわないと」

「か、幹部ですか？」

アルベルが驚いた声を出す。

「そうだ。君たちが強くなって実績を上げればそうなる。そして、僕はそれを期待しているんだ」

「俺、幹部を目指します！」

アルベルがこぶしを強く握った。

「僕も幹部になります」

「わ、私も」

ダズルとカミラが同時に口を開いた。

「君たちを信じているよ」

キルサスは順番に三人の肩に触れる。

――こいつらはまだまだ未熟だが、戦闘スキルを複数持っているし、上昇志向な性格もいい。早めにDランク以上になってもらって、しっかりと働いてもらうか。幹部の座をちらつかせておけば、気合も入るだろう。それに……。

一瞬、キルサスの脳裏にヤクモの姿が浮かび上がった。

――こいつらがヤクモより使えなければ、僕の判断が間違っていたことになる。まあ、そんなことは万が一にもないが。

キルサスはアルベルたちを見回しながら、唇の両端を吊り上げた。

書き下ろし小説
『ヤクモとアルミーネ』

調査団の救出に向かう前日、僕とアルミーネはタンサの町の北側にある森の中を歩いていた。

薄暗い森の中は空気が冷えていて、数体の森クラゲが宙に浮いていた。半透明の体が青白く発光して、周囲の枝葉を淡く照らしている。

「今日はつき合ってくれてありがとう」

アルミーネが木の枝から垂れ下がった草のつるをかきわけながら言った。

「どうしても欲しい素材があったんだ」

「素材って店で買えなかったの？」

「店を回ったけど、数が足りなくて。赤炎草って素材なんだ」

「赤炎草か。たしか火属性の武器やアイテムを作る時に使う素材だよね」

「うん。あと百束ぐらいは欲しくてさ」

「そんなに？」

僕は驚いた声を出した。

「一体、何を作るつもりなの？」

「使い捨てのアイテムかな」

アルミーネは目の前に浮かんでいた森クラゲを指で突く。

「調査団が行方不明になったダンジョンは情報が少ないから、いろいろ準備しておきたいの。まあ、なるべくなら使いたくないけどね」

「使い捨てだから？」

「うん。しかも、レア素材をいっぱい使うから、経費がかかりすぎちゃうの」

「でも、お金より命のほうが大切だよね」

「そうそう。だから、回復薬もいっぱい持っていく予定だよ」

そう言って、アルミーネは腰に提げている魔法のポーチをポンと叩いた。


数時間後、僕たちはそびえ立つ巨岩の前に立っていた。

巨岩は幅が三十メートル以上あり、高さが七十メートルを超えていた。細長く天に伸びた巨岩の上部には木々が生えている。

「この岩の上に赤炎草が生えてるらしいの」

アルミーネが巨岩の上部を指さした。

「普通なら、この岩を上るのが大変なんだけど、ヤクモくんの能力があれば簡単かなって」

「……うん。そうだね。これなら……」

僕は意識を集中させて、紙の足場を具現化した。巨岩の側面に階段のように紙の足場が組み上がる。

僕とアルミーネは、その足場をジャンプしながら巨岩の上部に移動した。

そこには多くの木々といっしょに赤く燃えるような色をした草が一面に生えていた。

「やった。赤炎草だよ」

アルミーネのダークブルーの瞳が輝いた。

「これなら、百束以上はありそう」

「上ってきた甲斐があったね」

「うん。ありがとう、ヤクモくん」

アルミーネは笑顔で赤炎草に歩み寄る。

「んっ？　あれ？」

「どうかしたの？」

「骨があるの」

アルミーネは積み重なった骨を指さした。

よく見ると骨は周辺に散らばっていて、その数は多かった。

「この骨……鳥みたい。翼の形をした骨があるから」

「鳥ならこの場所にも飛んでこれるね。でも、どうして骨に……」

その時――。

木の陰から緑色の細長いつるがアルミーネの足首に絡みついた。

「わっ、わわっ！」

アルミーネが引きずられ、逆さ吊りになった。

さらに十本以上のつるがアルミーネの手足を引っ張る。

これは……。

木の陰から肉色の巨大な花が姿を見せた。その花は直径が二メートル以上あり、中央に尖った歯が円形に並ぶ口があった。周囲には無数の触手が蠢いていて、その先端からは透明な液体が流れ出している。

肉喰い花か。しかも普通の肉喰い花より三倍以上デカい。こいつが鳥を喰っていたんだな。

僕は魔喰いの短剣を腰から引き抜き、アルミーネに駆け寄る。触手を斬ろうとした瞬間、別の触手が僕に攻撃を仕掛けてきた。僕は上半身をそらしながら、魔喰いの短剣を振った。細長い触手が斬れ、緑色の体液が飛び散る。

「いい加減に離しなさいっ！」

アルミーネの右目の瞳に魔法陣が浮かび上がった。肉喰い花を囲むように十個以上の魔法陣が出現し、そこから尖った氷柱が飛び出す。

氷柱が肉喰い花の樽のような胴体に突き刺さる。

「フュイイイ！」

甲高い鳴き声をあげて、肉喰い花の口からピンク色の液体が噴き出した。その液体がアルミーネの服にかかる。アルミーネの胸元から白い煙があがった。

まずい！　消化液か。早く肉喰い花を倒さないと！

僕は紙の二十本の紙の手裏剣を具現化し、それを同時に飛ばした。手裏剣が触手を切断し、肉喰い花の茎や花びらに突き刺さる。

「ヒィイイイーッ！」

女の悲鳴のような鳴き声をあげて、肉喰い花が樽のような茎を伸ばした。花の中央にある巨大な口が僕の頭を噛み千切ろうとする。

僕は魔喰いの短剣の刃を長く伸ばし、肉喰い花を斬ろうとした。しかし、七本の触手が僕の腕や足に絡みつく。

それならっ！

僕は上着のポケットに収納していた操紙鳥を目の前に出した。その操紙鳥を肉喰い花の口の中に飛ばした。それが肉喰い花のノドの奥に当たると同時に爆発する。

一瞬で花びらが四散し、肉喰い花の動きが止まった。

逆さ吊りになっていたアルミーネの体が地面に落ちる。

アルミーネは横倒しになったまま、呪文を唱えた。青白く輝く水がアルミーネの体を包み、ピンク色の消化液を洗い流した。

「大丈夫？　アルミーネ」

「う……うん」

アルミーネは上半身を起こして、自分の顔や腕を確認する。

「消化液は服にかかったから、体は大丈夫みたい」

「それなら、よかっ……」

「んっ？　どうしたの？」

アルミーネが首をかしげる。

「あ、いや……胸が……」

僕は服が溶けて、胸元があらわになったアルミーネを指さす。

アルミーネは視線を自分の胸元に落とした。

そして――。

「あああああーっ！」

アルミーネは顔を真っ赤に染めて、胸元を両腕で隠した。

「あ、ごめん」

僕も慌てて、アルミーネから視線をそらす。

「うう……」

アルミーネの声が背中越しに聞こえてきた。

「見た……よね？」

「……い、いや。見てないよ」

「本当に？」

「……ちょっとだけ見たかも」

「やっぱり、見てるじゃない！」

アルミーネが僕の背中をポカポカと叩いた。

「ごっ、ごめん！」

「もうっ……」

数秒間の沈黙の後、アルミーネが息を吐き出す音が聞こえた。

「でも、よく考えたら、ヤクモくんは悪くないよね。私が油断して肉喰い花に捕まったのがいけないんだし」

「いや、アルミーネは女の子なんだから、気にするのは当たり前だと思うよ」

「……ありがとう。ヤクモくん」

アルミーネは僕の背中を撫でた。

「あーあ。魔法の服が溶けちゃってショックだよ。これ素材だけで大金貨三枚以上使ったのに」

「肉喰い花の消化液は特殊だからね。魔法耐性も関係ないし」

僕は肉喰い花の死体に近づいた。肉喰い花の体は枯れた植物のように茶色になっていて、緑色の体液が地面を濡らしている。

操紙鳥の爆弾攻撃が上手くいったな。これは殺傷力も高いし、ここ一番で使えそうだ。

それなりに魔力を使うけど、ストックは増やしておくか。

そんなことを考えていると、肉喰い花の茎の一部が輝いていることに気づいた。

あれ？　これは……。

僕は手裏剣が傷をつけた部分に手を入れて、中から黄緑色に発光している楕円形の物体を取り出す。

「これは……」

「あ……『肉喰い花の種』だね」

胸元を布で隠したアルミーネが楕円形の物体を指さす。

「これ、錬金術で使う素材になるの。汎用性があって、いろんな魔道具の材料になるんだ」

「もしかして、高い素材なの？」

「うーん……この大きさなら、金貨三枚ってところかな」

アルミーネは僕の手のひらの上にある『肉喰い花の種』に顔を近づける。

「よかったね。ヤクモくん。これで孤児院の寄付も増やせるよ」

「えっ？　僕がもらっていいの？」

「もちろんだよ。今日はパーティーでやってる仕事じゃないし、肉喰い花を倒したのはヤクモくんだから」

そう言って、アルミーネはにっこりと笑った。


生えていた赤炎草を回収して、僕たちはタンサの町に戻った。

既に太陽は沈んでいて、夜空には巨大な月が浮かんでいる。その月が町の入り口の北門を淡く照らしていた。

「今日はありがとう」

アルミーネが僕の肩に触れた。

「ヤクモくんのおかげでアイテムが作れそうだよ」

「あんまり無理しないほうがいいよ。明日は出発なんだから」

「服の直しとアイテム作ったら、すぐに寝るよ。じゃあね」

アルミーネは僕に手を振りながら去っていった。


「ふーん。あの人がアルミーネさんか」

突然、背後から声が聞こえてきた。

振り返ると、幼馴染みのリリスが立っていた。

「あれ？　どうしてリリスがこんなところにいるの？」

「この近くの道具屋で一日だけのお手伝いをしてたの。そんなことより、さっきの女の人がアルミーネさんだよね？」

「うん。そうだよ」

僕はリリスの質問に答えた。

「いっしょに北の森で素材探しをやってたんだ」

「二人だけで？」

「うん。今日はパーティーの仕事じゃなかったから」

「……ふーん」

リリスは僅かに首を傾けて、じっと僕を見つめる。

「綺麗な人だね。ピンク色の髪が目立つし、小顔でスタイルもいいし」

「そうだね。冒険者の間でも人気あるし」

「へーっ、人気あるんだ？」

「うん。よく男の人に声をかけられてるよ。アルミーネはいつも断ってるけど」

「……そう……なんだ」

リリスの声が暗くなった。

「あんな綺麗な人と二人っきりで素材探しって、楽しそうだね」

「いやいや。大変だったよ。肉喰い花に襲われちゃって」

「えっ？　大丈夫なの？」

「うん。なんとか無傷で倒せたよ」

僕は傷のない両手をリリスに見せる。

「でも、アルミーネは危なかったかな。消化液で服が溶かされちゃって」

「あ、だから、胸のところに布を巻いていたんだ」

「そうなんだ。アルミーネが魔法で消化液を洗い流したから、胸は問題なかったよ」

「……ヤクモくん」

リリスの目が針のように細くなった。

「アルミーネさんの胸、見たんだ？」

「……あ、い、いや」

僕は口をぱくぱくと動かす。

「み……見てないよ」

「本当に？」

「……ちょっとだけ見たかも」

「やっぱり、見てるじゃない！」

リリスは頬を膨らませた。

「よかったね。あんな綺麗な人の胸が見れて」

「いっ、いや。そういう気持ちはなくて」

「んっ？　そういう気持ちって何？」

「あ……う……」

僕の額から冷たい汗が流れ落ちる。

「と、とにかく、見たのも一瞬だから。すぐに目をそらしたし」

「一瞬って、どのぐらい？」

「三秒もないから！」

僕は右手の指を三本立てた。

「それに、いっしょに冒険してるんだから、肌が見えたりすることはあるよ。特に女の子の冒険者は水場で水浴びすることも多いし」

「へーっ、アルミーネさんが水浴びしてるところも見たんだ？」

「いや、そういうこともあるってだけで、実際に見たわけじゃないから」

僕は後ずさりしながら、手の甲で汗をぬぐった。

というか、アルミーネの胸を見たことだって、リリスに責められるようなことじゃないのに。

「ちゃんと話して」

リリスがぐっと僕に顔を近づけた。

「アルミーネのこと？」

「アルミーネさんのこと、もっと知りたくなったから」

「そう。ヤクモくんが入ってるパーティーのリーダーだから、ちゃんと知っておかないと」

「どうして、リリスがそんなこと知っておかないといけないんだよ？」

「い・い・か・ら、教えて！」

リリスの口調が強くなる。

「とても大事なことなんだから」

「でも、明日はパーティーの仕事があって……」

「ちょっとぐらいいいでしょ。ほら、早く話して！」

リリスは両手で僕の腕を掴む。

「わっ、わかったよ」

リリスって、昔から心配性だな。アルミーネが悪い人じゃないかって疑っているんだろう。

いっしょの孤児院で育ったし、僕のことを弟みたいに思っているのかもしれないな。そういや、子供の頃も、『私のことをリリスお姉ちゃんって呼びなさい』って言ってたな。同じ年なのに。

　真剣な顔をしているリリスを見て、僕の頬が緩む。

「んっ？　どうしたの？」

　リリスが首をかしげた。

「あ、いや。リリスの考えていることがわかったから」

「私が考えていること？」

「うん。アルミーネが悪い人かもって心配してるんだろ？」

　僕はリリスの肩に触れた。

「安心していいよ。アルミーネは信頼できるいいリーダーだから」

「……それが私の考えてることなんだ？」

「うん。リリスは心配しすぎだよ。僕のことを弟みたいに思ってるからだと思うけどさ。もう、僕は十六歳でEランクの冒険者なんだから」

「そっか。弟みたいに……か」

　リリスの肩が小刻みに震え出した。

「ヤクモくんは……何もわかってないんだね」

「あれ？　違ったかな？」

「……もういいよ！　早くアルミーネさんのこと教えて！」

「あ、う、うん」

僕の頬がぴくぴくと動く。

うーん。また、リリスを怒らせちゃったか。それにしても、リリスの考えていることって何なんだろう？

結局、その後、僕は一時間以上、リリスにアルミーネの話をすることになった。

本書に対するご意見、ご感想をお寄せください。

あて先

〒162-8540 東京都新宿区東五軒町3-28
双葉社　モンスター文庫編集部
「桑野和明先生」係／「福きつね先生」係
もしくは monster@futabasha.co.jp まで

「雑魚《ざこ》スキル」と追放《ついほう》された紙《かみ》使《つか》い、真《しん》の力《ちから》が覚醒《かくせい》し世界《せかい》最強《さいきょう》に～世界《せかい》で僕《ぼく》だけユニークスキルを2つ持《も》ってたので真《しん》の仲間《なかま》と成《な》り上《あ》がる～

2023年9月2日　第1刷発行

著　者　桑野和明《くわのかずあき》

発行者　島野浩二

発行所　株式会社双葉社
〒162-8540　東京都新宿区東五軒町3番28号
［電話］03-5261-4818（営業）　03-5261-4851（編集）
http://www.futabasha.co.jp/（双葉社の書籍・コミック・ムックが買えます）

印刷・製本所　三晃印刷株式会社

［電話］03-5261-4822（製作部）
ISBN 978-4-575-24666-7 C0093

Mノベルス

発行・株式会社　双葉社

「Zako skill」 to tsuihou sareta
kamitsukai,
shin no chikara ga kakuseishi
sekai saikyou ni